薬屋のひとりごと
日向
13
「いや、でも、
相手は猫《マオ》猫《マオ》だぞ」

家鴨《あひる》を抱いたまま途方に
暮れている馬閃《バセン》がいる。
ふわふわした白い家鴨は
抱いていると温かそうだ。

「はいはーい、泣かないでくださいねー」
雀《チュエ》は、また器用に手品を繰り出して子どもをあやす。

羅漢《ラカン》が釣床《ハンモック》を使いたいからと、
大きな梁《はり》が何本もある天井が高い部屋を執務室にした。
だが、当の本人は運動神経が鈍く、
釣床に乗ることもできなかった。

「壬氏さまの気持ちを受け取った以上、
関係を持ったとしてそれは私の合意です」
壬《ジン》氏《シ》
はぎゅっと唇を噛《か》む。

薬屋のひとりごと

INTRODUCTION

遠のく平穏な日々

西都のごたごたも一段落し、
猫猫《マオマオ》は一年ぶりに都へ帰ってきましたが、
壬氏《ジンシ》の思いに対して素直になる道を選びます。
ただ、そこに大きな問題が存在することも理解していました。
官僚の中には、玉葉后《ギョクヨウきさき》の息子が東宮にふさわしくないからと、
他の皇族を東宮に立てようと考える者たちがいました。
壬氏はもとより、皇子や、
数代前の皇族の血筋までたどろうとしている様子。
国の頂きに近い者には平穏な日々など望むべくもありません。
今回は猫猫のゆかりの人々の視点からも、人生を見ていきます。
彼ら、彼女らはどう考え、どう生きていくのか。
また、猫猫は壬氏をどう受け止めていくのか。
都の人々のそれぞれの思いが大きく動いていきます。

薬屋のひとりごと

13

日向夏

ヒーロー文庫

目次

薬屋のひとりごと

目次

13

illustration : しのとうこ

人物紹介

猫猫《マオマオ》……元は花街《はなまち》の薬師《くすし》。後宮《こうきゅう》や宮廷勤務を経て、現在は医官付きの官女《かんじょ》をやっている。西都のごたごたも一段落してようやく一年ぶりに都へ帰ってきた。壬氏《ジンシ》の気持ちに対して素直になり始めたところだが、彼の立場を考えると、いろいろ問題があることを理解している。二十一歳。

壬氏《ジンシ》……皇弟《おうてい》。天女のような容姿を持つ青年。陸孫《リクソン》に仕返しができないまま、都に戻ることになった。猫猫に対する気持ちがようやく通じはじめて少し浮かれているが、自分の立場についてまだ思うことが多い。本名、華瑞月《かずいげつ》。二十二歳。

馬閃《バセン》……壬氏のお付《つき》、高順《ガオシュン》の息子。家鴨《あひる》の舒鳧《ジョフ》を都に連れ帰った。皇帝の元妃《きさき》である里樹《リーシュ》のことを思っている。二十二歳。

雀《チュエ》……高順の息子である馬良《バリョウ》の嫁。おちゃらけているが、『巳《ミ》の一族』で、諜報《ちょうほう》活動を得意とする。猫猫を助けるために大怪我《おおけが》をして、利き手が使えなくなった。

羅半兄《ラハンあに》……羅半の兄。実際はかなり優秀だが本人にその自覚がないため、損してばかりいる。同姓同名の少年がいたためか、間違えられて西都に置いていかれた。

羅半《ラハン》……羅漢《ラカン》の甥《おい》であり養子。丸眼鏡をかけた小男。羅漢に代わり都で屋敷を守っている。優秀で抜け目のない文官。数字が好き。二十二歳。

羅漢《ラカン》……猫猫の実父であり、羅門《ルォメン》の甥。片眼鏡《モノクル》をかけた変人。一年ぶりに都に帰って来ても、我が道を行く。

陸孫《リクソン》……元は羅漢の副官。現在、西都で働いている。人の顔を一度見たら忘れない特技を持つ。正体は族滅させられた『戌《イ》の一族』の生き残りであり、家族の仇《かたき》を秘密裡に始末した。人生の目標を達成したためか張り詰めた糸が緩み、趣味で皇弟《おうてい》をいじっていた。

音操《オンソウ》……羅漢の副官。本当のところ、西都から陸孫を連れて帰りたかった。

水蓮《スイレン》……壬氏《ジンシ》の侍女であり乳母。壬氏に対してかなり甘い。

舒鳧《ジョフ》……嘴《くちばし》に黒い点がついた白い家鴨《あひる》。里樹《リーシュ》が孵化《ふか》させた雛《ひな》だが、馬閃《バセン》を最初に見たため
そのまま懐《なつ》いてついてきている。世渡りが上手く、どこにでも現れて餌を貰《もら》う。

玉葉后《ギョクヨウきさき》……皇帝の正室。赤毛碧眼《へきがん》の胡姫《こき》。東宮の母であるが、その容姿ゆえ、正室にふ
さわしくないと言われることも多い。二十三歳。

姚《ヤオ》……猫猫《マオマオ》の同僚、魯侍郎《ルーじろう》の姪《めい》。世間知らずなお嬢さまだが、彼女なりに努力して一人で
生きて行こうと頑張っている。最近、羅半《ラハン》が気になる。十七歳。

燕燕《エンエン》……猫猫の同僚で姚の従者。姚命だが、姚が独り立ちできないのは燕燕に大きな責任
がある。羅半のことを見ている姚が気にかかってならない。二十一歳。

天祐《ティンユウ》……新米医官。遺体や解剖が好きな危ない人。

麻美《マーメイ》……馬閃の姉。母の桃美《タオメイ》が父の高順《ガオシュン》とともに西都に随行したため、代わりに『馬《マ》の一族』を取り仕切っていた。子どもが二人いるが、弟である馬良《バリョウ》夫婦の子どもも一緒に育てている。

劉《リュウ》医官……宮廷の上級医官、羅門《ルオメン》の古い知人。猫猫たちに厳しい指導を行う。

李《リ》医官……中級医官。猫猫たちと共に西都に行っていた。修羅場をいくつも潜《くぐ》り抜けた結果、やたらたくましくなった。

漢俊杰《カンジュンジェ》……なぜか西都から連れて来られた少年。ありふれた名前。

阿多《アードゥオ》……皇帝の幼馴染《おさななじ》みで元妃《きさき》の一人。皇帝との間に男児を一人もうけていた。三十九歳。

白鈴《パイリン》……緑青館《ろくしょうかん》の三姫《さんき》の一人。舞踏が得意な豊満な美女。

女華《ジョカ》……緑青館の三姫の一人。四書五経《ししょごきょう》を暗記する才女。

イラスト／しのとうこ
装丁・本文デザイン／5GAS DESIGN STUDIO
校正／福島典子（東京出版サービスセンター）
DTP／伊大知桂子（主婦の友社）

この物語は、小説投稿サイト「小説家になろう」で
発表された同名作品に、書籍化にあたって
大幅に加筆修正を加えたフィクションです。
実在の人物・団体等とは関係ありません。

一話　羅半《ラハン》と三番《サンファン》

　港に人だかりが見えた。大きな船が停泊しており、その出迎えとわかる。約一年ぶりに皇弟《おうてい》が西都から中央に戻ってくるので、人々が大騒ぎするのも無理はない。

　羅半《ラハン》もまた出迎えの一人だ。馬車の中から、帰ってきた船を見ている。

「羅半さま。ここに馬車を停めてよろしいですか？」

　丁寧な口調で聞いてくるのは、三番《サンファン》だ。羅半とは同い年の女性《にょしょう》だが、男物の服を着て髪をきっちりまとめている。はた目には線の細い美青年に見えるだろう。

　なぜ番号が名前かといえば、羅半の養父である羅漢《ラカン》が名前を覚えないからだ。才能がありそうだからと拾った三人目の人間、それが三番である。

　三番は、元は商家の娘だ。親の決めた結婚相手が嫌で逃げる際に、羅漢に売り込みに来た。本来なら追い返すのだが、商家の娘らしく商才があったため羅漢に拾われたのだ。

　現在、当主である羅漢の借金は、羅半と三番による副業によって返《し》ている。三番が男装をしているのは、女だと舐《な》められることと、嫌な相手との結婚を強いられて、反抗心を起こしたからだ。

「そうだね。馬車は港のすぐ傍《そば》に停めよう。義父上《ちちうえ》の名前を出せば通してくれるだろう」

「かしこまりました」

羅半は『羅《ラ》』と彫られた金属牌《きんぞくはい》を取り出す。本来、当主が持つべきものだが、羅漢に持たせるとなくしてしまうので、羅半が預かっている。普通では考えられないことだが、それが羅漢という男なので仕方ない。

「これで家をいつでも乗っ取れるな」

と冗談めかして言う者もいた。だが、そんな真似をすれば完膚《かんぷ》なきまでに潰されるのは羅半のほうであり、同時に、乗っ取られると言われることは心外である。羅漢が作った借金を返すべくあくせく働いているのは羅半であり、誰よりも親孝行者と言えよう。

「ところで、御者は他にいなかったの？」

御者台で馬の手綱を握るのは三番本人だ。小さな窓を通して会話しているので、少々話しづらい。

「えっ、ええ。わざわざ外部で御者を手配するのももったいないので、ちょうど空いている私が御者をやったほうが、無駄がないでしょう？」

「そうだね。しかし、一番《イーファン》と二番《アーファン》のときはいつも御者がいるんだけど」

なぜか三番に頼むと、御者はなしで毎回三番がついて来る。

「そうですか？」

三番はしらばっくれているようだ。羅半としては何もなかったかのように接する。

三番は馬車を停め、御者台から降りる。羅半も降りて、並走していた護衛の一人に馬車を任せた。

ちょうど船から乗員が降りてきている。羅漢を探すのは簡単だ。

黄色い声が聞こえるほうが、皇弟《おうてい》がいる場所だ。反対に妙に人が少なく静かなほうが、羅漢がいる場所だ。羅漢の人となりを知っている者は、気軽に近づこうとはしない。

「はい。すみません、通してくださいね」

羅半はすたすたと羅漢がいるほうへと向かう。ぐったりとしたおっさんが人垣の向こうにいた。面白いほど綺麗《きれい》な円を描いて避けられている。副官の音操《オンソウ》が介抱していた。

羅漢は乗り物に弱い。馬車くらいなら平気だが、船は駄目らしい。羅半も船酔いがかなりひどいので、こういうときに妙な血のつながりを感じてしまう。

「羅半殿」

音操が羅半に気付く。約一年の西都での勤務はつらかったようで、以前会った時よりさらにげっそりしていた。

「迎えにきました。これでは義父上《ちちうえ》は使い物にならないようなので、帰らせてもらいたいのだけど問題ないですか？」

一応高官なので、本来なら登庁して、中央に帰ってきたことを報告すべきだろう。

「はい。よろしくお願いします。月の君には私から伝えておきます」

音操はむしろほっとした顔をしていた。

「月の君としてもそのほうがやりやすいでしょう」

「でしょうねえ」

羅半は、真っ青になった養父を護衛に馬車へと運んでもらう。

「義父上と同じ馬車に乗るのか」

正直、胃液と汚物の臭いが混じった空間にいたくない。

羅半は羅漢を馬車の中に転がしてもらうと、御者台に乗った。

「ら、羅半さま？」

「ちょっと狭いけど我慢しておくれよ。あのまま義父上と同じ空間にいると僕も吐いてしまいそうになるからね」

三番には申し訳ないが、羅半は一人で馬に乗れない。歩いて帰る体力もない。必然的に三番の隣に座ることになる。

「あー、月の君にご挨拶したかったんだけど仕方ないね。今度にしよう」

今、あの人だかりの中に行っても、有象無象《うぞうむぞう》のうちの一つにしかなりえない。羅半は自分が目立つ容貌とはかけ離れた地味な小男であると知っている。そんな外見の男がより自分を大きく見せるには、自分の能力が発揮できる舞台と相手が食いつく情報を持っていかねばならない。似合わぬ高級品をただ身にまとって威勢だけよくしていても、空回りして、むしろ滑稽だ。

投資と同じで、何事も好機を逃がさないことが大切である。

月の君は慧眼《けいがん》の持ち主であり、簡単に騙《だま》されるような性格でもない。外見が美しい以上、中身も美しくないと羅半は許せない。その点、月の君は羅半の理想というべき天の創造物であった。

「一年かあ、猫猫《マオマオ》は子種の一つくらい貰《もら》っただろうかねえ」

ついでのように義妹のことを思い出す。猫猫とは今すぐにでも会って話したいところだが、馬車の中の荷物をどうにかしなくてはいけないのであきらめよう。

「羅半さま。猫猫さまには私から連絡しておきましょうか？」

三番が羅半に言った。

「頼めるかい？」

「一度、屋敷に来るように伝えておきます」

「来るかなあ」

「猫猫さまのご友人たちの件で相談がありますと一筆入れておきます。無視されるかもしれませんが」

「……任せた」

普段羅半が送る文は、簡単なものであれば三番が代筆することが多い。猫猫は三番のことを知らないが、三番は猫猫のことを一方的に知っている関係だ。

「ええ、猫猫さまには早くあれらを引き取ってもらわねばなりませぬから」

妙にこもった口調で三番が言った。

『あれら』とは何のことかといったら、屋敷に着けばすぐわかる。

妙な将棋《しょうぎ》の駒の造形物がある屋敷の前で、女性が二人待っていた。

「羅半さま！」

すらりとした女性が馬車に近づいてきた。

姚《ヤオ》という娘で羅半より身長が高いのだが、年齢はまだ十七だ。その後ろには、鋭い目つきで睨《にら》む女性、燕燕《エンエン》がいる。三番が言う猫猫の友人たちだ。

一度、猫猫に恩を売るためにと屋敷に泊まらせたのが失敗だった。なぜかこの二人はそのまま屋敷に居ついてしまった。

「猫猫はどうでしたか？」

心配そうな姚の顔は容貌も整っているため非常に愛らしい。だが、それだけだ。羅半はこれ以上、姚に近づいてはいけない。頭の中でそんな警鐘が鳴り続いている。

「僕は義父上《ちちうえ》を迎えに行っただけだよ。あいにく、義妹までは拾ってこられない。行く前から言っていただろう？」

姚とは距離を取って接している。でないと、彼女の従者である燕燕の視線が怖い。

「そうですか」

姚は残念そうに髪を耳にかける。

なぜか燕燕が睨《にら》む。しゅんとした姚を見て、あたかも羅半が悪いと言うような表情だ。

一体、どうするのが正解だろうか。

「他に御用はありませんか？　ここで立ち話をしていては、お館さまをいつまでも待たせることになりますけど」

三番が目を細めて言った。棘《とげ》がある言い方だ。

「……そうですね。失礼しました」

姚もまた目を細めて三番を見る。燕燕が乾いた笑みを浮かべていた。

「あと、お約束では猫猫さまが戻るまで心配なのでここに滞在する、ということでしたね。人足を手配いたしますので、荷物をまとめておくようお願いします」

三番が清々《すがすが》しい笑顔で言った。

「猫猫さまが帰ってこられる以上、この屋敷には一片の心残りもないでしょうから」

なぜだろう、羅半の第六感がこの場所は修羅場だと告げていた。

「……そうね」

なにやら姚が考えている。

「数日待っていただけないかしら？　滞在も長かったので荷物をまとめるのも時間をいただかないと」

「あら、そちらの有能な侍女がさくっと片付けてくださるかと思っていましたのに。あと、お話によれば、お身内も西都に行っていたそうで。本来、猫猫さまよりもそちらのお出迎えを優先したほうがいいのではないでしょうか？」

「あら、それなんだけど、叔父はまだ西都に残るらしいの。実家もそのことでごたごたしているらしく、私の居場所もなさそうだわ」

なぜだろう。丁寧なやり取りのはずが、姚と三番の間に火花が見える。そして、燕燕はひたすら羅半を睨んでいる。

羅半はとりあえずその場から離れたい一心で御者台から降りた。そして、近くの下男を呼び止める。

「義父上《ちちうえ》の寝室は用意しているかい。胃に優しい粥《かゆ》と脂っこくない菓子を用意しておくれ。水菓子でもいいね。あと果実水はしっかり冷やしておくように」

「かしこまりました」

「では僕は残った仕事を片付けるから」

羅半はその場から逃げるようにすたすたと歩いて行った。

二話　羅半《ラハン》と首吊《くびつ》り死体　前編

西都から義父が帰ってきたことは、羅半《ラハン》にとって、良くもあり悪くもあった。

「義父上《ちちうえ》、今日から登庁ですよ。初日くらいびしっと決めてください」

羅半は寝ぼけ眼《まなこ》で粥《かゆ》を食《は》む羅漢《ラカン》を見る。羅漢の横には、子どもが三人、大きい方から四番《スウファン》、五番《ウーファン》、六番《リウファン》がついていた。羅漢が拾ってきた孤児三人組で、今は屋敷の小間使いのような真似をしている。

四番は、甲斐甲斐《かいがい》しく匙《さじ》を羅漢の口に運んでいた。

羅漢が無精《ぶしょう》しているだけだが、見る人によってはお稚児《ちご》趣味があると疑われる光景である。しかし、一人で食事をさせると幼児のようにいつまで経《た》っても食べ終わらないので仕方がない。そして、子どもたち三人の他にもう一人、見知らぬ少年がいる。まだ元服前で、小柄な羅半より一回り小さい。

昨日、羅漢に仕えるように言われて、やってきたという。顔立ちからして戌西州《いせいしゅう》から来たとわかるが、なぜやってきたのかがわからない。

「失礼だが、君は誰だい？　義父上に拾われてきたのかい？」

羅漢は、どこからともなく人間を拾ってくる癖がある。西都から気になった子どもをそのまま連れてきたのかもしれない。孤児ならいいが、親がいたら誘拐になる。

「西都に戻りたいのなら言ってごらん。義父上の不始末だけど、身内だから責任もって送り届けるよ」

羅半にとって、当主が戻って来たということは責任逃れができると同時に、後始末がものすごく増えるということだ。だが、子ども一人送り返すくらいなら簡単だ。後宮《こうきゅう》を爆破しようとしたことに比べたら、なんとでもなる。

「いえ、僕は仕事でやってきました。とりあえず羅漢さまのお世話をするようにと月の君の命《めい》です」

「そうかい、では君の名前を聞いておこうか?」

どういう意図があって、月の君は義父上につけたのか。羅半は疑問に思う。

「はい。僕は漢俊杰《カンジュンジェ》と申します」

「漢俊杰……」

彼の名前が答えになっていた。

羅半は頭の回転が速いほうだ。聞き慣れた名前を出され、西都から実兄が帰ってきていないことに気付く。

なぜ兄がおらず、見ず知らずの子どもがいるのか、その理由がわかった。

兄と俊杰少年は同姓同名であるため、間違って入れ替わってしまったのだろう。そんな莫迦《ばか》なことがあるかと思うかもしれない、だが、実兄はそういう星の下《もと》に生まれている。

「そういうことね」

羅半は頷《うなず》く。羅半にとって兄は器用貧乏で、貧乏くじを引きまくる人だ。遠い地に残されて、まだ必死に仕事をしているのだろう。

羅半は兄を嫌いではない。むしろいい兄だと思うので、いつか器量の良い女性を紹介したいところだ。

「羅半さま」

三番《サンファン》がやってきた。

「どうしたんだい？」

「申し訳ありません。お館さまのお召し物の中にこんな物があったので持ってきました」

三番が差し出した文は、簡素ながら高貴な香りがした。差出人不明に思えるが、羅半は筆跡で誰が書いたのかわかる。流麗な中にわずかに力強さが見える字だ。

月の君から羅半への文で、なぜ『漢俊杰』という少年がここにいるのか、婉曲《えんきょく》に、かつ申し訳なさそうに書かれていた。

おおむね羅半の想像通りだ。兄が中央に帰ってきたら『漢俊杰』を西都に戻すので、それまで預かってほしいとのことらしい。

兄には悪いが、とりあえず月の君に貸しを作れることは大きい。これからどんどん貸しを作って、返せないほど大きくしていきたい。

羅漢はようやく粥《かゆ》を食べ終わったらしく、四番に口を拭いてもらっていた。五番と六番が水菓子《デザート》を持ってくる。

「義父上《ちちうえ》、宮廷に行かれる前にいくつか現在の状況を報告しておきたいのですが」

「んー。皆がやってくれとるだろう？」

「さすがに一年もいないと、がたがくるものです」

羅半は将棋盤《しょうぎばん》を羅漢の前に持ってくる。羅漢は部下を将棋の駒に例え、その配置を盤の上に置いて示す。

最初、羅半にも意味がわからなかったが、毎度見ているうちに法則が見えてきた。完全ではないものの、羅漢の言いたいことは盤上でわかる。

「どう駒が動いている？」

「そうですね。これがこうで、こっちがこう」

羅半は銀を敵陣に移動させ、歩兵《ふひょう》を奪う。だが、香車《きょうしゃ》が角《かく》に奪われた。

「香車か。勢いはいいが、嘘《うそ》つきっぽかったからなあ」

羅漢は政治としての派閥に与《くみ》していない。だが、羅漢自身にそのつもりはなくとも、自然と羅漢派というものができても仕方ない。

羅漢の部下たちは、羅漢がいない間に敵対派閥が好き勝手をしないように睨《にら》んでいた。だが、長生きしたくば羅漢に手を出すなという不文律は、一年の間にだいぶ崩れている。羅漢の部下の一人が他の派閥に与してしまった。だが、一方で違う派閥の人間を引き込むことに成功したようだ。

羅漢が西都に旅立つ前に部下たちに下した命《めい》は一つだけだ。

「今のまんま、帰ってきたときに変わりないように」

その結果が、香車を取られ、歩兵を奪った。部下たちとしては、羅漢の帰りを戦々恐々と待っているだろう。

羅半は思う。本来、政治的駆け引きを得意としない武官たちに、宮廷内の力関係を保てというほうが無理なのだ。なので十分及第点だと思うのだが、羅漢がどう反応するかわからない。

「とりあえず拾った歩兵を見ておくか」

「わかりました」

羅半は筆を手にする。五番と六番が墨と紙を用意してくれたので、副官に通じるように命令を書き留める。副官の音操《オンソウ》は、一年ぶりに妻と娘に会えたところで翌日もう出仕とはかわいそうに思える。羅漢の副官である時点で、休みなど存在しない。

「これが宮廷ですか？　西都の公所《やくば》よりずっと大きい」

兄と同姓同名の少年は目をきらきらさせながら馬車を降りる。

羅半は西都から来た少年をどうしようかと考えた。普通に、三番あたりに任せても良かったが問題が起きた。

居候《いそうろう》もとい姚《ヤオ》と燕燕《エンエン》が首を突っ込んだのだ。なぜか少年、俊杰を懐柔する真似をし出した。三番と姚は相性が悪く、毎度火花を散らしている。何が原因で喧嘩《けんか》をしているのか、羅半としては知らないふりをしたい。

とりあえず、少年と羅漢との相性は悪くないようなので小姓《こしょう》扱いでつけることにした。これで音操の負担が軽減できれば、羅半としても書類が滞らずに済むからありがたい。同時に、そう上手くいくとも思っていない。

「ねえ燕燕、前髪は乱れていないかしら？」

「問題ありません、いつも通りお美しいです」

後ろから聞こえる居候たちの声。羅漢を馬車で送るにあたって、お嬢さまがたも馬車で送ることにした。自分たちは馬車に乗り、彼女たちだけを歩かせるわけにはいかない。

「羅半さま。女性に親切なのはいいのですが、そこまで気を使う必要がありますか？」

そっと三番がささやく。今日も、彼女は御者をやってくれた。正直、彼女には別の仕事をやってもらったほうが効率がいいのだが、三番が話を聞かないので仕方ない。

「三番、そこは君が干渉するところではないよ」

「……かしこまりました」

「では僕は義父上《ちちうえ》を送っていくから」

明日から羅漢は音操に任せるつもりだ。羅半とて、毎日羅漢のお守《も》りをするつもりはない。

「私たちは医局に向かいましょう」

姚と燕燕が離れてくれるので少しほっとする。猫猫《マオマオ》が帰ってきたからには、あの二人は宿舎に戻ってもらうつもりだ。

「では、俊杰くん。またね」

「はい。姚さまと燕燕さまもお仕事頑張ってください」

「そんなかしこまらなくていいのに」

妙に姚が親しみを込めている。どこか男性を毛嫌いする性格かと思いきや、まだ元服前の子どもだから優しいのだろうか。

「今後はお兄さまや伯父さまのお手伝いをするのよ」

姚と燕燕が去ろうとして、羅半はちょっと待ったと止める。

「お二方、なにやら勘違いしていますよ」

「どういうこと？」

姚が首を傾げる。

「はい。僕の姓は『漢』ですが、羅漢さまたちとは血縁関係はありません」

俊杰少年が自分で訂正した。

「でも、昨日羅漢さまは『俊杰？　甥《おい》っ子《こ》にいた気がする』と言っておられましたよ」

燕燕が無駄に似た物真似で答えた。そういえば昨晩、燕燕が夜中に点心《おやつ》を作っていたようだが、羅漢を懐柔しようとしていたのではあるまいか。羅半は少し身震いしてしまう。

「間違いないけど、決定的に違うよ。時間がないからあとで説明する」

羅漢が、羅半の実兄の名前を憶えていたのは奇跡だ。だが、顔までは覚えていない。

結果、俊杰少年は「なんか違う気がしないこともないけど、たぶん甥っ子」、という位置づけにされたのだろう。どちらもこつこつと積み上げる勤勉な性格なので似たような生き物に見えたのかもしれない。

羅半は、実兄に早く所帯を持たせたい気持ちになった。

「ええっと、僕の名前が何か問題でしょうか？」

俊杰少年は不安そうな顔で、羅半と姚、燕燕を交互に見る。

「うーん、ややこしいけど気にしなくていいよ。それより、義父上《ちちうえ》がまた居眠りし始めているから背中を押してくれるかい？」

「わかりました」

羅半と俊杰少年は、寝ぼけた羅漢の背中を押していった。

羅漢のお守《も》りは、執務室まで送り届けて終わりのはずだった。

だが、執務室の前が妙に騒がしい。人が集まっている。

「なんだろう？」

「どうしたんでしょうか？」

羅半と俊杰少年は顔を見合わせる。

執務室の前には副官の音操がいた。中央に帰って来て早々険しい顔をしている。

「音操殿。どうかされましたか？」

「羅半殿。それが――」

音操が視線を執務室の中に向ける。見たほうが早いと言っていた。

「……わぉ」

羅半にとって、見て美しくないものがぶら下がっている。

執務室の梁《はり》に、男が首を吊《つ》って死んでいた。

「ひぃっ！」

俊杰少年が腰を抜かす。

「あ、ああ、あれは……」

「首吊り死体だね。初めて見たかい？」

「……は、はい。何なんです⁉　あれは」

「だから死体だって」

「な、なんで平気なんですか⁉」

俊杰少年は狼狽《ろうばい》しているが、羅半にとって人間の遺体は別に珍しくもなんともない。人が多ければそれだけ遺体も増える、それだけだ。

都および周辺地域で、百万人の戸籍がある。それが正しいか否かについては、少なく見積もっての数字だろう。口算《こうさん》という成人に対する定額の税金を逃れるため、子どもはいないと偽ったり、成人前に死んだことにしたり、はたまた男を女と申告したりする。死亡届の出し忘れはあるだろうが、それよりも戸籍がない人間のほうが多かろう。

宮廷は後宮《こうきゅう》も合わせると、数万の人間が働いている。人口密度はかなり高い。人が多ければそれだけ人の死を目にする機会は多くなる。死体を見かけることが少ないのは、縁起が悪いと遺体を隠してしまうからだろう。武官なら訓練中に打ちどころが悪く死亡することも少なくない。昨年の記録によると死亡例三件、武官を続けられなくなる後遺症が残った例は十八件あった。数値としては少ないので、報告されなかった例も多いはずだ。

文官も激務に追われ、追い詰められて自殺する者もいる。

「昨年は七件だったな」

羅半はぶら下がった死体を見て口にしていた。

だが、首吊《くびつ》り死体は文官ではなく、武官の服を着ていた。

「大きなてるてる坊主がいる？」

「義父上《ちちうえ》、これは遺体です」

羅漢はいつもどおり冗談なのか本気なのかわからないことを言う。近くにいた俊杰少年は遺体に耐えきれなかったのか、顔を背けて口を押さえている。普通の反応はこれだ。

羅半も遺体から漏れ出す汚物の臭いを嗅ぎたくないので、手ぬぐいを鼻と口に当てる。

「羅漢さま、どうしましょうか？　すぐに部屋を片付けますが、違う場所で執務を行いますか？」

副官の音操が羅漢に問いかける。

「すぐに片付けるならこの部屋で問題ないぞ」

「義父上が気にしなくても、他の人は気にしますよ」

羅半の中では死体は美しいものではない。生命活動を終えた者は『者』から『物』へと変わり、時間経過と共に腐敗していく。腐敗は清潔とは言い難いものであり、羅半にとって美しくないものだ。

「この部屋は、日当たりがいいんだぞ」

まだ寒さが残るこの季節、羅漢の最重要事項は昼寝ができるぽかぽかの場所を確保することだった。周りには羅半たちをのぞいてたくさん、正確に言えば武官が十七名、文官が十名、官女《かんじょ》が三名野次馬として集まっていた。

「ところでこの人は誰でしょうか？」

羅半は眼鏡をかけなおしつつ、目を細める。遺体を凝視したくないが、誰であるかはっきりさせないといけない。今日は仕事にならないだろう。

「羅漢さまが二年ほど前に引き上げた武官です。羅漢さま曰《いわ》く、『香車《きょうしゃ》』ですね」

音操が説明してくれた。

「例の鞍替《くらが》えしたという？」

「そうですね。すぐさま、経歴書を出しましょうか。一年以上前のものですけど」

今朝、羅漢に説明した将棋盤《しょうぎばん》の上で奪われた香車だ。

羅半は敵対派閥に奪われたことを伝えたが、『香車』がどんな顔をしているかまでは知らない。顔を覚えるのは羅半の仕事ではなく、陸孫《リクソン》の仕事だった。

「そいつが義父上《ちちうえ》の執務室で自殺ねえ？」

羅半は周りを確認する。

『香車』がぶら下がっているのは執務室の中央の梁《はり》。以前羅漢が釣床《ハンモック》を使いたいからと、大きな梁が何本もある天井が高い部屋を執務室にした。だが、当の本人は運動神経が鈍く、釣床に乗ることもできなかったというどうでもいい経緯がある。

他の部屋は首吊《くび つ》りの縄を部屋の中心にぶら下げられるような作りにはなっていない。死体から漏れ出す汚物から少し離れたところに椅子がある。蹴り倒されたのか横になっていた。羅漢の執務室は、本人不在の間、放置されていたらしい。掃除はされているようだが、隅々まで行き届いていない。羅漢お気に入りの長椅子は綺麗《きれい》に拭かれているが、棚の隅には埃《ほこり》が残っていた。

「ふむ」

羅半は梁にかけられた首吊り縄とぶら下がった『香車』、ひっくり返った椅子を見る。

「義父上」

「ん？」

「この中に『香車』、首を吊っている男を殺した犯人はいますか？」

「ん」

羅漢は顎《あご》で野次馬をさした。

「えっ？」

俊杰少年は驚いた顔で羅漢と野次馬を見る。

「ど、どういうことです」

「はい。静かにね。犯人に気づかれちゃうからね」

羅半は俊杰少年を軽くたしなめる。男に優しくするつもりはないが、実兄と間違えられて連れて来られた少年に対して、親切にするのは最低限の礼儀だろう。

俊杰少年は両手で己《おのれ》の口を塞ぐ。素直な子どもは扱いが楽でいい。

「どの人ですか?」

羅半は羅漢に聞く。

「白い碁石《ごいし》」

羅漢には碁石だろうが、羅半には判別がつかない。羅半は目を細める。

「あっ」

野次馬はどんどん去っていく。犯人が消えてしまうが、そこは羅漢の副官の音操がしっかり確認していた。陸孫ほどではないが、この男も人の顔を覚えるのが得意な部類だ。

「音操殿」

羅半はやはり面倒くさいと思って、羅漢の副官を見る。

「羅半殿。あとは私だけにまかせて仕事に行こうなどと考えていませんよね?」

音操はにこっといびつな笑みを浮かべて羅半の肩を握った。曲がりなりにも武術の心得があるらしく、握力が強くて痛い。

羅半はどうしようかと息を吐き、羅漢を見る。

「儂《わし》、寝たい。その前に猫猫に会いに行きたい」

羅漢の頭は、常人には理解できない作りになっている。数式もなく解を導き出すが、それまでの手順は全くわからないのだ。どんなにその的中率が高かろうと、証拠がなければ立件は難しい。

「ええっと」

羅半は近くにいた下官を呼ぶ。

「医局に行って、変死体の検死を頼んでくれ。首吊《くびつ》りではなく変死だと言ってくれ」

「変死体ですか？」

「ああ、言い間違えないようにね。あと、せっかくなので仕事復帰したばかりの医官見習いたちにも来てもらえないだろうか？　新鮮な遺体があるので医学の勉強になると思うんだ」

羅半は遠まわしに「猫猫を連れてこい」と言った。絶対とは言わないが、これで猫猫は八割がたやってくるだろう。そうすれば、やる気のない羅漢も少しはまともになるはずだ。

羅漢は答えを出すが、答えだけでは説明にならない。

羅漢が犯人を指し示す。羅半たちは殺害方法と動機を見つけ出さねばならない。猫猫なら得意とするところだろう。

というわけで、羅半は眼鏡をくいっと上げつつ、美しくないものをまた見なくてはならないとため息をついた。

三話　羅半《ラハン》と首吊《くびつ》り死体　中編

一年ぶりにまともに顔を合わせた義妹は不機嫌な顔をしていた。わざわざ三番《サンファン》に一筆書かせて呼び出す必要がなくなった。

「やあ、妹よ」

「消えろ、算盤眼鏡《そろばんめがね》」

猫猫《マオマオ》は羅半《ラハン》に対して、開口一番暴言を吐く。

「猫猫やー」

猫猫の傍《そば》には、羅漢《ラカン》がいる。羅漢は、猫猫に抱きつきたい。だが、猫猫は箒《ほうき》の柄《え》で羅漢の頬を突き、これ以上近づくなと牽制《けんせい》していた。どこから箒を取り出したのか、不思議でたまらない。

「猫猫、もう少し手心を加えてはどうだい？」

「なら代わるか？」

「絶対いや」

羅半は拒絶すると、あと二人、猫猫と一緒に来た人物たちを見る。一人は劉《リュウ》医官、宮廷の医療従事者の長官だ。羅半の大叔父である羅門《ルオメン》とは同期で、気難しいと評判の男だ。

もう一人はまだ若い男だ。中肉中背で軽薄そうな顔をしている。

「死体はどこですかー？」

妙に目をきらきらさせていたが、その直後に劉医官にげんこつを食らっていた。

「天祐《ティンユウ》、静かにしろ」

名前を天祐というらしい。野郎の名前など、どうでもいい情報だ。

羅半は、面倒くさいのもついてきたと思ったが、本命が釣れたので良しとする。羅漢が何かやらかしたら猫猫に押し付けよう。同時に猫猫も同じことを考えているに違いない。

「私も暇ではないので、早く遺体を見せてくれないか？　昼から月の君による帰朝報告が行われるのだろう。もたもたしている時間はない」

劉医官が静かに怒っているのがわかる。

西都遠征組の報告は、羅漢にも関係がある。さっさと済ませたいのは、羅半も同じだ。

「こちらです」

音操《オンソウ》が案内する。俊杰《ジュンジエ》少年には刺激が強すぎるということで、別部屋で待機してもらうことにした。真面目な子で、何か自分にできることはないかと聞いてきたので、羅漢が使っている別部屋の掃除を頼んだ。犬が履物を集めてくるかのごとく、羅漢ががらくたを溜《た》めこんだ部屋である。

「……失礼だが、羅《ラ》の者は身内に対して、甘すぎるところがあるようだな」

劉医官は、羅漢、猫猫、そして羅半を見る。

「娘に甘くて何が悪いんだ？」

ごく普通に答える羅漢。この男に、空気を読めと言っても意味がない。

劉医官も莫迦《ばか》ではないので、羅漢に何を言っても意味がないことを理解している。何食わぬ顔で執務室に入る。

「こやつですか？」

天井の梁《はり》にはまだ『香車《きょうしゃ》』がぶら下がっている。羅半がまだ下ろすなと指示したからだ。

「このままでは何もできないのだが？」

劉医官は目を細める。天祐とかいう男がはしゃぐ。

「おー、死んでる死んでる」

「変死体って言っておいて、首吊《くびつ》り死体じゃないか……」

猫猫は心の中だけで言っているつもりが、よく口に出ている。『変死体』と言えと伝えたのは『変死体』は死因不明の遺体であり、毒殺も考えられるからだ。首吊りと言ったら猫猫は興味もわかなかっただろう。

猫猫が羅漢の執務室になど来るとは思えない。だから、来る理由を作る必要があった。

「こうして首を吊っている時点で自殺じゃないの？」

天祐の頭に劉医官のげんこつが落とされる。

「調べもせずに、初見だけで勝手に決めつけるな。憶測は判断を誤らせるぞ」

劉医官は、猫猫の大叔父である羅門とよく似たことを言った。

「何かしら自殺ではないという根拠があるのですね。現場を維持しているということは」

劉医官は死体を観察する。

「そうです」

羅漢に代わって説明するのは音操だ。羅半が話を進めるより、彼のほうが適役だと打ち合わせを済ませている。

「自殺だと、矛盾があります」

「どういう矛盾かな？」

劉医官に聞かれ、音操は紐《ひも》を取り出す。

「この紐は遺体の男、王芳《ワンファン》の首から下の長さに合わせて切ったもので、これで倒れた椅子の位置と吊り縄の長さとの間に矛盾がないか、首吊りは可能かどうかを調べました」

首を吊るにあたって、ぶら下がっている位置に椅子を少なくとも一尺《三十センチ》は近づけないと、いくら背伸びをしても首吊り縄に首をかけることは不可能なことがわかった。

羅半の目には世界には数があふれているように見える。この矛盾は美しくない。

「椅子から飛び降りたときに蹴り倒したのなら、おかしくないんじゃない？」

天祐が意見を述べる。

「背もたれを上にして椅子が倒れているのはどうでしょうか？　椅子が半回転しないとこのように倒れません。背もたれのある方を向いて首を吊《つ》るのは難しいですよね」

羅半は音操に代わって答える。

天祐という男がうるさいせいか、猫猫は静かだ。菓子を差し出す羅漢から距離を取りつつ、怪訝《けげん》な顔で鼻をひくつかせている。

「ふむ。遺体を下ろさなかったのは、これを私に確認させたかったということか？」

「その通りです」

「椅子の位置も移動していないと？」

「野次馬を証人として呼びましょうか？」

劉医官は物事をはっきりさせたがる人間のようだ。疑うべきところは疑う。気難しい性格だが、真実を曲げる人物ではなさそうなので、羅半は嫌いではない。

「それにしてもわざわざ劉医官が来られるとは」

音操としてはもっと下っ端《したっぱ》に来てもらいたかったらしい。愛想笑いにより、右頬が一分《三ミリ》上がって引きつっていた。

「見習いをよこせという言い方が気になってな。監督官は必要だろう？」

つまり偽装ができないようにとの配慮だ。

「では遺体を下ろしてもらおう」

「かしこまりました」

音操は下官を呼んで死体を下ろさせる。

「皆さま、椅子に座ってお待ちください」

「はい」

天祐がさっと長椅子に座る。

「私は別にいい」

「私も」

劉医官と猫猫は立ったままだ。首を吊った縄を途中で切って下ろすが、なかなか苦労する。『香車《きょうしゃ》』こと王芳は、武官らしい体つきで体重もかなりある。

報告書によると、羅漢に見いだされたのは二年前。直感が良く動きが早いので、登用した。実戦向きの性格で、羅漢が試験がわりによこした仕事は問題なくこなしている。向上心はあるが同時に欲が深い。だが、監督をしっかりすれば問題ないとあるが――。

羅漢が不在の間に崩れてしまったのだろう。

「やっと下ろせたな」

布の上に下ろした遺体は、正直目をそらしたくなるほど美しくなかった。生きていた頃は張りがあったであろう肌は青白くなり、体の穴からは体液がにじみ出ている。

「天祐」

「はーい」

劉医官は天祐にまず見ろと言っている。猫猫も天祐の後ろから遺体をのぞき込む。

「どう思う？」

「爪のあとが首に残っていますね。苦しくて縄から逃れようとあがいた形跡です」

天祐は意外にも真剣な目をしていた。軽薄そうに見える顔つきだが、仮にも医官なのだ。猫猫も頷《うなず》きつつ観察している。

「苦しんでいますね」

「苦しんでるねえ」

「首吊《くびつ》りは苦しむものじゃないのですか？」

猫猫と天祐のやり取りに対して、音操が不思議そうに聞いた。

「首を吊るときに勢いをつけてぶら下がると、首の関節が脱臼《だっきゅう》して意識を失う。その場合、暴れることはないはずだ」

猫猫たちに代わり、劉医官が説明する。

「つまり楽に死ねると」

「必ずしも楽というわけではない。失敗したら苦しむので、おすすめはしない」

劉医官の言葉に、音操は苦笑いを浮かべる。

「服を脱がせるぞ」

「はい」

天祐が遺体の服を脱がせ始めた。猫猫も手伝っている。

「おや？　手伝うのか？」

羅半の記憶によれば、猫猫は死体に触れるなとずっと羅門に言われていたはずだ。

「仕事だからな。おやじにも許可を取っている」

猫猫は臆する様子もなく遺体の服を脱がせていく。羅半は遺体とはいえ、男の体を真っ裸にひんむくのに慣れているのはどうかと思う。

「猫猫や。そんなばっちーもの触ったらだめだよ」

そう言う羅漢はぼろぼろと菓子をこぼしていた。死体の前でよく物が食べられるなと感心してしまう。

「足の死斑《しはん》の色からかなり時間が経《た》っているね。どのくらいだと思う？　娘娘《ニャンニャン》？」

「半日以上は確実に経っているように見えますね。下半身の赤みがかなり濃い」

「うん、肉の硬さからすると、八時《十六じかん》よりも前ではないと思うね」

天祐は遺体の肌をつまむ。劉医官が何も言わないので、間違いではないのだろう。

「誤差があるとしても夕方から夜ですね」

羅半は眼鏡に触れる。この死体の男は、とうに仕事が終わった時間に何をしていたというのだろうか。

「死因は首吊《くびつ》りで間違いないね」

「ええ」

これも劉医官は何も言わない。

「自殺か他殺かはっきり断言できますか？」

「そこまではわからない。さっき言ったとおり、椅子の位置を考えると他殺って方向で考えたいんだろうけど、断言までにはいたらないかなー」

音操の質問に天祐が答え、劉医官も頷《うなず》く。猫猫は目を細めて、天井の梁《はり》を見ていた。

「どうしたんだい？　妹よ？」

「……」

猫猫は無言で羅半の爪先を踏んだが、あいにく、履《はきもの》の先には詰め物がされていて踏まれる衝撃は緩和された。

「どうしたんだい？」

羅半は猫猫にもう一度聞く。

「梁に残っている縄だけど、投げ縄のように括《くく》り付けられてると思っただけ。あれなら梯《はし》子《ご》を使う必要はないから」

「投げ縄？」

「見せたほうが早い」

猫猫はちらっと劉医官を見る。勝手な行動をすると監督に怒られるので、確認を取りたいのだろう。

「じゃあ見せてください。何か必要な物はありますか？」

横で話を聞いていた音操から許可が出た。

「首吊りに使ったのと同じような縄と、それにくくりつけられる重石《おもし》があれば」

猫猫は羅半の言うことは聞かないが、音操の話は比較的素直に聞く。猫猫は自分で気付いているかどうかわからないが、羅門の影響か苦労人気質を好む傾向にある。

「では失礼します」

猫猫は縄を持つと先に重石をつけて振り回し、梁と天井の間に向けて投げる。

「これをどうやって柱に結び付けるんだい？」

「梁に残っている縄の結び目を見ればすぐわかる。こうして――」

猫猫は縄の先を軽く結んで輪を作り、反対側の縄の先を輪に通す。

「――この縄を引っ張れば」

縄はきゅっと梁に結び付けられる。

「そういうことか」

「何がそういうことなんだ？」

「いや、他殺ならどうやって殺したのかって考えていたんだ」

相手は体格が立派な武官だ。そう簡単に首を絞められるわけがない。だが、天井の梁《はり》に吊《つ》るしたらどうだろうか。腕力は普通に首を絞めるよりずっと弱くてもできるはずだ。

「梁にぶら下げることで首を絞める。これならあまり力がなくても殺せるだろう」

痕跡も首吊りと変わらないはずだ。

「まあね。でも私みたいなのがやることは不可能だな」

猫猫は持っていた縄を引っ張る。猫猫の体重は殺された武官の半分もないだろう。

「そうだね。男の僕でもできないだろうな。相手は屈強な武官だ。体重も重い。義父上《ちちうえ》が示した犯人は、どう見たって武官を殺害できるようには見えなかったからね」

羅半は、羅漢が野次馬の誰を見ていたのか思い出す。

「犯人って、あのおっさん、もう犯人わかっているのか？」

猫猫が半眼になって聞く。

「うん、爸爸《パパ》すぐわかったよ」

「げっ！」

羅漢がいつのまにか猫猫の横にいた。猫猫はすかさず距離を取る。

「これでも食べていてください」

辛《かろ》うじて敬語を使っている猫猫だが、近くにあった菓子をわしづかみにすると、犬にやるかのごとく投げた。そして、羅漢はその投げた菓子を追いかけていく。

「食べ物を粗末にするなよ」

「おっさんが全部食べるだろ」

邪魔者は消えたと言わんばかりに、猫猫は手を叩《たた》いて菓子の粉を落とす。劉医官は何か言いたそうに猫猫を見ていたが、羅漢を庇《かば》うのも嫌だったらしく見なかったことにした。

「で、犯人がわかっているのに、医官を呼んだのは？」

「犯人がわかろうとも、義父上には犯行動機とか殺害方法とか証拠とかはわからない。まあ、殺害方法はわかったからあとは動機かな？」

「動機ねえ」

猫猫はちらっと長椅子の方を見る。

「わかるのか？」

「大体」

「教えてくれ、妹よ」

もし羅漢の部下の手配で裏切り者を殺害したのなら、いろいろ問題がある。できるだけ穏便に行きたいところだ。

「あんまり言いたくない」

「言わないと、月の君の報告に遅れてしまって同席できないんだけど」

猫猫は嫌な顔をしながら、口を開く。

「別に深く考えるような動機じゃない。どうせ犯人は『女』なんだろう？」

「よくわかったな」

羅半は感心する。羅漢は『白い碁石《ごいし》』と言った。羅漢にとって基本的に『白い碁石』は女、『黒い碁石』は男を示す。猫猫は鼻をすんとさせる。

「何のひねりもなく殺された相手が男で、犯人が女」

「そういうことなのか？」

「そういうこと」

猫猫は呆《あき》れ顔で真っ裸にされた死体を見る。花街《はなまち》育ちの猫猫にとって、男女間のもつれは見飽きたものだった。

「わかっているならすぐ教えてくれたらいいのに」

羅半は動機がわかっているのに話さない義妹に、ちょっともやっとしていた。しかし、猫猫の行動基準もわかる。

猫猫の育ての親である羅門は曖昧《あいまい》な推理を嫌う。猫猫にも推測だけで気軽に話さないように躾《しつ》けている。立場の弱い者が何かと口を出すと、災難が振りかかるからだろう。

「さて、僕が猫猫に代わって、皆の前で説明しようか？」

猫猫が言いたいことは、犯人が女であることで大体予想がついた。

「……いや、私から話す」

「おや？」

猫猫がそう言うのを聞き、どうしたものかと、羅半は思った。以前なら、自分からでしゃばることはなく誰かにやらせているだろうに。

「猫猫の気持ちになにか変化があったのはわかったけど、やめておこう。僕から話したほうがいい。説明してくれるかい？」

「……わかった。ただ、確認したいことがある」

「どんな？」

「犯人はどんな女だった？」

「どんな女だと言われても」

羅半は野次馬の中にいた女性たちを思い出す。

「三人いて、どれかまではわからない」

「三人ねえ」

猫猫は天井の梁《はり》を見る。

「羅半なら、女がごつい武官を首吊《くびつ》り自殺に偽装するのは、不可能なことはわかるだろ？」

「まあね。その言い方だと、女だと殺害は無理ってことかな？」

犯人と被害者の体重差は二倍近くあろう。

「じゃあ、どうしたら不可能じゃなくなるのか。そこにさっき想像した動機を入れればおのずと出てくるはずだけど。女一人では無理なら、どうすればいい？」

「女一人じゃなければ……。ああ、そういうことか」

羅半はなるほどと手を打った。至極《しごく》簡単なことだった。

猫猫はそれ以上言わず羅半に背中を向けた。上司の劉医官がじっと見ているからかもしれない。劉医官は猫猫を監視するだけでなく、遺体に興味津々な天祐を止めている。手のかかる部下がいて大変そうだ。

なお、羅漢は猫猫が投げた菓子を食べつつ、長椅子に横たわっている。そろそろ昼寝の時間だ。羅半は、少し複雑な目で羅漢を見る。

「音操殿」

羅半は羅漢の副官を呼ぶ。

「先ほど野次馬としてここにいた三人の女性を呼ぶことはできますか？」

「すぐ呼びましょう」

「よろしくお願いします」

太陽の位置を確認すると、昼までにはなんとか間に合いそうだ。

羅半は目を細めつつ、少し重い気持ちになった。

四話　羅半《ラハン》と首吊《くびつ》り死体　後編

集められた三人の女性は、今年試験を受けて合格した新人の官女《かんじょ》たちだった。家柄はそこそこ、二人は官僚の娘で残り一人は商人の娘だった。

皆、それぞれ美しい女性だと羅半《ラハン》は思った。

一応、刑部《ぎょうぶ》の役人にも来てもらっている。羅漢《ラカン》が所属する兵部《ひょうぶ》とはさほど仲が良くないが、だからといって喧嘩《けんか》を売るような真似はしない。あらかじめ終始見ているようにと、伝えている。

「あ、あの、私たちはなぜ呼び出されたのでしょうか？」

官女壱《いち》が眉を一分《三ミリ》下げた。地方官僚の娘で、今は親戚の家に世話になっているらしいと簡易報告書にある。美しい黒髪の美人だ。

「ただでさえ恐ろしいことがあった部屋に呼ぶだなんて。まさか、遺体を片づけなければなりませんの？」

官女弐《に》が震えながら言った。都育ちの豪商の娘で、同じく美しい黒髪の美人だ。

「は、早く帰りたいです」

官女参《かんじょさん》は目を伏せて、震えている。官僚の末娘で、これまた黒髪美人だった。

顔の作りは違うものの、後ろ姿はとてもよく似ている。

「これでは、死亡推定時刻に目撃者を探し出したとしても、判別しづらいですね」

音操《オンソウ》は腕を組む。

なんだかんだで劉《リュウ》医官を含む医療関係者三人も残っている。

「この中の誰が犯人だというのですか？」

音操は羅漢を見るが、羅漢は昼寝中だ。たとえ、羅漢が犯人を指したところで、ちゃんとした動機と殺害方法がわからなければ立件しにくい。無理な証拠を作り出して立件することは、羅半にとって美しくない話だ。

「お三方は、容疑者として呼び出されたことに不服なようですね」

羅半としては美しい女性たちに対して、丁寧でありたい。同時に、中身も外見に伴う美しさであってほしいと考える。

「ええ、そうよ。これは自殺なのでしょう？　なぜ、私たちが殺したというの？」

官女壱《いち》が主張する。

「殺すだなんて。あんな大きな人を？」

官女参が主張する。

「何よりいつ亡くなったのでしょうか？　昨日なら、私が家にいたことを証明しましょうか？」

　官女弐《に》が主張する。

「みなさん、もっともな意見に思えますが」

　羅半は笑みを絶やさず、三人を見る。

「自殺というには不審な点がいくつもあります。それは現場の状況および、遺体の損傷などからわかりました。あと、家族や親しい人によってなされた現場不在証明《アリバイ》につきましては、証明と認められないとお伝えしておきます」

　三人の官女は顔を引きつらせる。

「何より、あなたたちにはこの男を殺す動機があるのではないでしょうか？」

　羅半は布をかけた王芳《ワンファン》の死体を指す。

「この男は、向上心が強く同時に欲深く、好みの女性に対して口説《くど》かずにはいられなかったそうですね。お三方が、この男、王芳に話しかけられていたところを、何人もの官が目撃しておりました」

「……確かに口説かれたことは一回や二回ではありませんよ」

　ふうっと息を吐きつつ、官女弐が答える。

「でも、他の殿方にも声をかけられたことはあります。恥ずかしながら官女というのは、ある意味花嫁修業として出仕することも多いのはわかってらっしゃるでしょう」

官女弐は商人の娘というだけあって、強かな性格をしている。羅半としては嫌いではない女性《タイプ》だ。

「ええ。ですが、さすがに留守の上官の部屋を逢《あ》い引《び》きの場所に選ぶのは、好ましくないのですがね」

羅半の言葉に三人の官女はそれぞれ顔を赤らめる。つまりそういうことだ。

「何を言ってらっしゃるのかしら？」

「僕の身内にはそれこそ猫のように鼻が利く者がいまして。この執務室の主人の愛用の長椅子にしみついた独特の匂いに気付いたんですよ」

羅半にはよくわからないが、鼻の利く者にはすぐわかったらしい。特に猫猫《マオマオ》は娼館《しょうかん》育ちなので、敏感なのだろう。

つまり、今羅漢が寝ている長椅子は、逢い引きのときのまぐわいに使われていたということだ。長椅子にはこだわりがある羅漢だけに、寝心地もよかったのだろう。

「この執務室は、最低限の掃除がされていましたが、どうにも長椅子の周りだけは綺麗《きれい》になりすぎていたようですね。証拠を残さぬよう綺麗にしたつもりが、獣のような鼻の持ち主がいたためにすぐにばれてしまった」

猫猫が睨《にら》んでいる。その隣では、天祐《ティンユウ》が「あー、座っちゃったよー」などと言っている。なお、まぐわいの場になった椅子に寝そべる羅漢は起きる様子さえない。

「……か、仮に逢い引きの場所として使われたとしても、私たちとは限らないのではないでしょうか？」

恐る恐る官女壱《いち》が言った。

「そうですね……といいたいところだけど」

羅半に代わり、音操が前に出る。

「ここは羅漢さまの執務室です。羅漢さまが西都へ発《た》つ前は、官女は誰一人近づきませんでした。それこそ羅漢さまのことをよく知っているからです」

羅漢という男は突拍子《とっぴょうし》もないことをやらかす。なので、他の官たちは元より、官女たちも近づかない。誰しも好んで火薬庫の中に入ろうとは思わない。

以前は、彼を侮《あなど》っている者は多くいた。かつての羅漢は名家の長子に生まれながら、出来損ないの烙印《らくいん》を押されていたからだ。別に羅漢としては盤遊戯《ばんゆうぎ》さえできればそれでよかったので、どんなに罵《ののし》られようと気にすることもなかった。

だが一度、権力が必要だと感じた羅漢は、邪魔と思った者を徹底的に根絶していった。

軍部の狐《きつね》には手を出すな、それ以前に近づくな、という不文律ができるほどに。

「しかし一年前から羅漢さまは不在だった。羅漢さまを知らない官女だからこそ、逢い引きの場所を変に思わなかったのではないでしょうかね？」

音操の言う通りだ。この三人はどれも一年以内に官女になった者たちで、羅漢のことを知らない。そして、羅漢に近づくな、という不文律を知っていてもぴんとこなかったのだろう。でなければ、羅漢の執務室に野次馬根性で集まろうとは思わない。この三人以外、他に官女《かんじょ》は誰も来ていなかった。

「では痴情《ちじょう》のもつれで殺したというのが、見解というわけですね。でも、私を含めた三人、そのどの細腕で、どうやって自殺に見せかけてこの男を殺せるのでしょうか?」

官女弐《に》の発言に、そうだそうだと官女壱《いち》と参《さん》も頷《うなず》く。

「はい。その実況見分を行おうと思います」

羅半は猫猫を見て手招きをする。猫猫は心底嫌そうな顔をした。羅半は仕方なく猫猫の前に出向く。

「ちょっと手伝ってくれないかな?」

「私の仕事はあくまで医官さまたちの補佐でございます。何の手伝いをしろというのでしょうか?」

猫猫はわざとらしい棒読みで答える。

「一応、女の細腕と言うから、おまえがやってくれると信憑性《しんぴょうせい》があっていいんだよ」

「何をおっしゃいますか。羅半さまのまるで日に当たっていない白い肌と、筆より重いものが持てそうにないたおやかな腕があるではないですか?」

猫猫と羅半は睨《にら》み合う。

「娘娘《ニャンニャン》、協力してあげなよー」

「早くしないと終わらない。手伝ってやれ」

猫猫は、天祐を睨みつけたが、劉医官に言われたら仕方ないと舌打ちした。

「わかりました」

「とりあえずさっきやったみたいに、縄を天井の梁《はり》に括《くく》り付けてくれ」

「へいへい」

猫猫は、小声なら周りに聞こえないからと横柄な口調だ。

「ほら、縄」

「ほいほい」

猫猫は、縄を投げて梁からぶら下げるように括り付けた。縄の先には首を引っかける輪っかを作る。

「その縄で、あの大きな殿方をぶら下げると？」

官女弐はふうっと息を吐く。

「はい。でも、これだけではぶら下げるのは難しいです。ここにもう一本縄があります」

羅半はもう一本縄を猫猫に渡す。猫猫は、また同じように縄を梁に通すように投げた。

この二本目の縄は梁に括り付けず、自由に引っ張れるようにする。そして――。

「この縄の先にも輪を作り、殺したい相手の首にかけるのです、って猫猫！　義父上《ちちうえ》の首に引っかけないの、かけないの！」

猫猫は寝ている羅漢の首に縄をかけようとしていた。父親を嫌っているのは仕方ないが殺害にまでは至らないでほしい。

「娘娘《ニャンニャン》、ちょうどいいのがここにあるよ！」

今度は天祐が布で隠した遺体を引っ張り出そうとする。これは劉医官が天祐にげんこつを落として止めてくれた。

羅半は劉医官の存在を実に頼もしく思った。

「これをお使いください」

音操は砂袋を持ってきた。くびれ部分を首に見立てて縄を引っかけるとちょうどいい。天井の梁《はり》は丸太をそのまま利用している。おかげで滑車のように縄を滑らかに引っ張ることができる。

だが——。

「全然、動かないようですね？」

官女弐《かんじょに》は笑う。

義妹の猫猫は非力だ。砂袋は殺害された官の重さに合わせており、猫猫の体重の二倍はある。もし、動滑車であれば重さが滑車の数だけ軽くなり、猫猫でも砂袋を吊《つ》り上げることができただろう。しかし、固定された梁では定滑車の役割しか果たせないので、持ち上

げる重さは変わらない。

猫猫は頑張って縄を手繰り寄せるが逆に体が浮いていた。

「そうですね。では僕も手伝いますね」

羅半は猫猫と共に精いっぱい体重をかけ、縄を引っ張る。

「む、無茶、させん、な」

「が、まんしろ」

「やくに、たたんな、浮かばない、ぞ」

「うるさいな！」

憎まれ口をたたき合いつつ、砂袋は徐々に浮き上がった。

「っふう、ふう！」

「っひぃ、ひぃ！」

十数秒ぶら下げたところで、二人は力尽き、砂袋はどすんと落ちる。

はあはあと羅半と猫猫は床の上に転がる。本来力仕事はやりたくないが、この中で一番説得力がある人選は羅半なので仕方ない。

「い、遺体の首には手で縄を取ろうとして引《ひ》っ掻《か》いた痕がありました。椅子から飛び降りて一瞬で首が絞まったらこうなることはないそうです」

羅半の説明に三人の官女《かんじょ》の顔は強張《こわば》る。

「一人では無理でも、二人なら可能ですよね？」

羅漢は『白い碁石《ごいし》』を指した。どの『白い碁石』か言わなかった。

つまり『白い碁石』は一つだと限らないのだ。

「お二人でも、それだけ息が上がっているのですよ。殺すのは可能でも、吊《つ》り下げるのは不可能ではありませんか？」

顔を強張らせつつも反論するのは、官女弐《に》だ。

「その通りですね。二人でぎりぎり吊り上げられるくらいなので、首吊りに偽装するのは難しいですね。それこそ、三人目がいないと――」

官女たちの表情がさらに強張る。

羅半は猫猫をどうにかなだめて、もう一度二人で砂袋を吊り上げる。あらかじめ設置しておいた首吊り縄の輪の部分の上に高さが来たところで、音操が椅子に乗って、砂袋に設置済みの輪をかける。

さらに砂袋を吊り下げた二本目の縄を切ることで、砂袋が梁《はり》からぶら下がる。

「この通り。僕は一度も犯人は一人とは言っておりません。三人とも共犯なんですよね」

羅半の言葉に三人官女はそれぞれ放心し、泣き始め、八つ当たりのように床を蹴った。

三人の官女たちは散々暴れたあと、憑《つ》き物が落ちたようにおとなしく容疑を認めた。

三人は今年一緒に配属されたことで仲が良くなった。先輩官女《かんじょ》たちと反りが合わなかったためか、仲間意識が強く同じ整髪料を使うほど気が合ったのだ。三人とも黒髪が美しいのはそのためなのかもしれない。

三人とも、実家から良い嫁ぎ先を見つけてくるようにと言われており、その際出会ったのが王芳だった。

王芳は三人それぞれ別に近づいた。あとは想像がつこう。

王芳は上手くやっていたつもりだろうが、女の勘は鋭い。三股《みつまた》をかけていたのがばれてしまった。

浮気がばれた場合、女の憎しみは女に向くという。だが、すでに仲良くなっていた三人に手を出したことから、憎しみは王芳一人に向かう。

こうして、三人が共謀して殺害計画を立てた。羅漢が帰ってくるのを見越して、登庁する前日に誘い出したのだ。

いつもの逢《あ》い引《び》きのように一人を長椅子に寝そべらせ、王芳が背中を見せたところで、隠れていた二人が王芳の首に縄をかけて引っ張ったのだろう。

「女性はやはり恐ろしいね」

羅半は大きく息を吐く。もっと上手くやればよいのに。もっと割り切った遊びができる大人の女性を選べばいいのに。

執務室にはまだ昼寝を続ける羅漢に、羅半と音操しか残っていない。

医官組は帰り、官女たちは刑部《ぎょうぶ》の役人たちが連れて行った。まだ死体が部屋の隅に転がっているので、俊杰《ジュンジェ》少年にはそのまま隣室の掃除を続けてもらうことにする。

「しかし、王芳が殺された理由が痴情《ちじょう》のもつれとは。もっと他に理由があるかと思っていたのに」

ふうっと息を吐く音操は羅漢の着替えを用意していた。しっかり火熨斗《アイロン》を当てた服で、主上に会う前に着替えさせるのだろう。

「いや、そうでもないかもしれませんよ」

羅半は、三人の官女の経歴書を眺める。羅半の頭の中には彼女たちの経歴に何かしら一致する数字が見えていた。

「なにかあるとでも？」

「あっては困るので調べてみますとも」

羅半は自分で言いつつ後悔した。これでは丸一日が潰れてしまう。だが、それもまた想定の範囲内なので仕方なかった。

五話　壬氏《ジンシ》と報告

膝を突いている厚い毛氈《もうせん》には龍の柄《がら》があしらわれ、その両脇には同じく龍が彫られた柱がある。毛氈に沿うように高官たちが並び、壬氏《ジンシ》及び西都からの帰還者たちを見ていた。

壬氏はその場で頭《こうべ》を垂れていた。

「顔を上げよ」

壬氏が顔を上げると、玉座には久方ぶりに見る主上が掛けられていた。

「長い旅路で疲れたであろう。息災か？」

「ありがたきお言葉、痛み入ります」

本来、壬氏は西都から中央へ戻るなり主上に帰朝を報告するべきだった。だが、主上の計らいで、翌日に持ち越されて今に至る。さらに、昼すぎに時間を指定されたのは、労《ねぎら》うというよりもう一人の報告者に対する配慮なのだろう。

壬氏の斜め後ろには眠たそうな羅漢《ラカン》がいる。この場であくびをするような不届き者はこやつ以外おるまい。

「瑞月《ずいげつ》よ、痩せたか？」

主上は東宮時代には陽《ヨウ》の君、昼《ひる》の君と呼ばれていた。壬氏が月の君と呼ばれ始めたのはその対比が大きい。この国で唯一、壬氏の本名を呼べる人物だ。

「それほど変わってはおりません」

否定はしない。五公斤《五キロ》ほど減ったが、数字まで報告する必要はない。

壬氏は己《おのれ》の体重よりも、帝の髪に交ざった白髪のほうが気になった。染めも隠しもせずそのままということは、帝が何もするなと言っているのだろう。

壬氏はもう何の痛みもないはずの脇腹の火傷《やけど》の痕がうずいた気がした。

皇帝の仕事というのはさまざまで悩みの種が多種多様ある。だが、壬氏が西都に行く前にやらかしたことは、主上にとって大きな悩みに違いなかっただろう。

増えた白髪の何本かは壬氏の責任かもしれないと思えば、罪悪感を抱かずにはいられないが、後悔はない。

帝の両脇には、重鎮たち。かつて子昌《シショウ》がいた場所には、玉袁《ギョクエン》が立っている。

即位から十年が経《た》とうとする今、重鎮の顔ぶれもだいぶ変化していた。

「華瑞月が謁《えつ》を賜《たまわ》り奏上いたします」

壬氏は、気を取り直して報告を始める。

壬氏が本名を言える相手もまた、帝だけだ。

すでに報告書は帝に渡し済みだ。ここ一年、戌西州《いせいしゅう》であった概要だけを口にする。

ちらりと見た玉袁の表情は変わらなかったが、息子の死については思うところがあろう。

「苦労をかけたようだな」

聞き慣れた主上の低い声だ。以前なら、何らかの報告を行った日は夜に呼ばれることが多かった。酒と肴《さかな》をつまみつつ詳しい話をするところだが、今宵《こよい》はどうだろうか。

至極《しごく》簡単に報告を終えて、後ろにいる羅漢が何かしでかす前に退室する予定だ。

この一年、いろいろなことがあったが、報告するとなれば数行で終わる。つらつらと報告し、特に何もなければ出ていく手はずだが――。

「そうだ、瑞月よ」

報告も終わるところで、帝に声をかけられた。

「久しぶりに一緒に後宮《こうきゅう》に行かぬか？」

壬氏にとんでもない誘いをかけてきた。周りの重鎮たちがざわつく。

壬氏が宦官《かんがん》『壬氏』として後宮に入っていたのは知られているが、暗黙の了解で表ざたにすることはない。どどんと悪戯《いたずら》を仕掛けられた気分になった。

ここでの壬氏が答えるべき正解は「ご冗談を」だろうが、本気で宦官を七年間続けた立場としては返答しにくい。

「……ご――」

「冗談だ。まだ疲れておろう。明日までゆっくり休むがいい」

帝は壬氏の返答を待たなかった。

壬氏はほっとすると同時に、主上はまだまだ食えない人であると痛感させられた。


その後、他の数人も報告を終え、謁見《えっけん》は終わった。

壬氏の後ろにいた羅漢は居眠りをすることはなかったが、終わるなり飛び跳ねるように玉座の間を出て行った。

壬氏はほっとしつつ、回廊を歩く。後ろには馬閃《バセン》と護衛が数名ついてきている。馬良《バリョウ》も謁見の際にいたが、大勢に囲まれて気絶しかけていたため、さっさと部屋に戻らせた。

「ゆっくりしろ、か」

主上への挨拶を終えたなら、母である皇太后、そして東宮、玉葉后《ギョクヨウきさき》の元に向かわねばならない。

その後ならゆっくりできるはずだ。船旅の間に書類云々《うんぬん》は全て片付けたので、数日はのんびりできよう。

「月の君、部屋へ戻られますか？」

「皇太后などへの挨拶まわりを終えてからな。ただ、ちょっと呼び出しを頼みたい」

「なんでしょう？」

「猫猫《マオマオ》を呼んでおいてもらえないだろうか？」

壬氏は少し照れつつ、口にした。とうに羅漢は見えなくなっており、聞こえないことを確認しての発言だ。

壬氏の勘違いでなければ、猫猫は壬氏に好意を持っているはずだ。でなければ、おとなしく壬氏と接吻《せっぷん》などするはずはない、と信じたい。長年、のらりくらりとかわされてきただけに、にわかに信じられなかった。

船上では、羅漢がいるのと周りの目が近いのとで、仲を進展させるのは難しかった。こうして戻ってきたのだから、多少仲を深めても罰《ばち》は当たらないはずだ。

「あの娘……ですか？」

馬閃は首を傾げている。

「なんだ？　何かあるのか？」

馬閃はいろいろ鈍いので、壬氏の元に猫猫を呼ぶのをためらうのはわかる。だが、今後のためにも慣れてもらわねばいけない。

「いえ、医官たちは今日から仕事なので、あの娘も仕事始めかと思います。今すぐ呼び出しますか？」

「……!?」

「月の君、なんでしょうか。その驚きと疑問が浮かんだ表情は？」

「いや、馬閃にしてはずいぶん的確なことを言うと」

壬氏の言葉に馬閃はきゅっと顔をしかめる。

「父上が、猫猫を呼び出すこともあるだろうからと注意して行きましたので」

馬閃の父である高順《ガオシュン》は、主上付きに戻った。なるほどと壬氏は高速で頷《うなず》く。

高順の言であれば、単に猫猫を心配することのほか、違う意図も含まれているかもしれない。

「呼びますか？」

「……いやいい。やめておこう」

そうだ、そうだったと壬氏は思う。壬氏は休めと主上に直接言われたから休めるが、他の者たちはそうではない。では、仕事終わりにと思ったが、仕事復帰初日に呼び出すとなるとどうだろうか。

目上の人間の命《めい》なので断れないが、疲れているのに何しやがると、じとっとした目で見られるはずだ。それもまた悪くないが、自分の欲を全面に出すのは気が引ける。

壬氏は、自分が立場ある人間であることを忘れてはいけない。

「ふむ。ならば、麻美《マーメイ》は呼べるか？」

「姉なら全く問題ないかと」

馬閃の姉麻美は、中央に残っていた。優秀な彼女なら、壬氏がいなかった中央での一年間を詳しく教えてくれるはずだ。

皇太后は一年ぶりだが、変わりはない様子だった。

「ずいぶん痩せましたね」

逆に壬氏の変わり様《よう》に驚いていた。

「いろいろあったもので」

面白いことに、主上と同じことを言う。そんなにやつれて見えるのだろうか。

「このあと、玉葉后の宮にも？」

「はい、東宮や公主《ひめ》にも挨拶をしたいので」

皇太后とは軽く挨拶して終わる。壬氏の母親であるが、宦官《かんがん》として後宮《こうきゅう》に入ってから何かと疎遠になっていた。もう少し話をしたほうがいいと思うが、なかなかできない。

壬氏は、皇太后に内緒でいろいろやらかしていることがあるので、一度話したほうがいいのか、墓まで持っていくべきなのか悩むところではあった。

次は玉葉后の宮に向かう。以前に比べ、玉葉后の従者はかなり増えていた。護衛は元より侍女や乳母も増員されている。

出迎えてくれるのは侍女頭の紅娘《ホンニャン》に加え、元々玉葉后に仕えていた侍女たちだ。

「久しいな、紅娘、桜花《インファ》、貴園《グイエン》、愛藍《アイラン》」

「玉葉さまは奥にいますので」

紅娘は粛々《しゅくしゅく》と壬氏を奥へと案内し、三人娘は以前ほどではないが上ずった声を出していた。

「どうぞ」

応接間には玉葉后と五、六歳ほどの娘がいた。大きくなった鈴麗《リンリー》公主だが、壬氏を見るなり、玉葉后の後ろに隠れる。

「公主？」

「あらあら、どうしたの？　叔父上でしょう？」

「……」

鈴麗公主は壬氏をじっと見るだけで近づこうとしない。以前は、抱っこをせがまれることもあったというのに。

「もしかして人見知りしているのかしら？」

「人見知りって」

鈴麗公主とは生まれたときからの付き合いである。後宮時代は数日に一度は顔を出していた。

「一年も経《た》てば顔も忘れてしまいますものね」

紅娘が壬氏にとどめを刺してきた。

東宮はとうに歩けるようになっていて、こけないようにと、乳母たちが後ろを付いて回っている。

「今日は、挨拶だけかしら？」

「西都でのことを少々」

玉葉后がそっと手を挙げると、紅娘が公主と東宮を部屋の外へと出す。部屋には最低限の人員が残された。

「玉鶯《ギョクオウ》殿については――」

玉葉后の兄である玉鶯は殺された。腹違いとはいえ、妹としては複雑な心境だろう。

「話は聞いています。玉鶯兄さまの後継には長男がついたと聞きました」

「はい。鴟梟《シキョウ》殿です」

鴟梟は玉鶯の長男で、玉葉にとっては年上の甥《おい》にあたる。

「あの人なら、詰めが甘いところはありますが大丈夫でしょう」

「親しかったのですか？」

「後宮《こうきゅう》に入内《じゅだい》するようにと父に言われてから、しばらく本家で教育を受けました。見た目は玉鶯兄さまに似ていますが、本質は全く違います。上に立てば、土台が自然と固められるでしょう」

玉葉后の言葉は、玉鶯は長《おさ》にふさわしくないと言っているようだった。

「私と玉鶯兄さまの関係についてはどう聞いていられますか？」

「……あまりいい関係ではないと耳にしています」

「そう。一応、言っておくわね。私は、何も手を出してはいないわ」

玉葉后はきっぱりと言った。

「私もですよ」

玉葉后と壬氏の口調は自然と後宮時代のものになる。部屋に残っているのは後宮時代かららいる侍女や護衛たちだからかもしれない。

「そうね。皇弟君《おうていぎみ》にとって西都は地方都市、所詮田舎にすぎないですもの。西の長を狙う理由などありませんね」

「ですが、私が暗殺したと何度も噂《うわさ》が立ちましたよ」

「ふふふ。権力など最も興味ないお人だとどう説明すればよいのでしょうね？」

玉葉后は笑っているが、壬氏に対する皮肉も含まれていた。壬氏の腹に、見事な牡丹《ぼたん》の焼き印があることを知っている数少ない人物の一人だ。

「はい。私は玉葉后の敵ではありませんから」

壬氏はあえて焼き印をつけたときと同じ台詞《せりふ》で玉葉后に伝える。

「……信じてよろしいのですか？」

「月の君はそうでも周りはどうかわかりませんよ」

「知っております」

玉葉后はこの国で唯一の皇帝の正室だ。しかし、一般的な茘人《リー》から離れた赤髪碧眼《へきがん》の玉葉后の容姿を忌避《きひ》する者も少なくない。東宮にも玉葉后の色彩が受け継がれている。

元々茘では皇族同士の近親婚が頻繁《ひんぱん》に行われていた。重鎮の中には、玉葉后ではなく、傍系皇族である梨花妃《リファきさき》を推す者も多い。

一方梨花妃は、皇帝の意向に従う人だ。玉葉后やその親族が横暴なふるまいをしない限り、皇位簒奪《こういさんだつ》を謀《はか》ろうとは思うまい。

結果、誰を祭り上げようとするのかと言えば、壬氏に矛先が行く。何より皇帝に男児が生まれるまでの十数年、壬氏は東宮だった。特に、壬氏の母であり皇太后である安氏《アンシ》の実家は、壬氏を次の皇帝にする気だったろう。

「私は誰も横に立てぬ場所に座ろうとは思いません」

たとえ皇后であろうとも玉座の横に座ることはできない。皇后は皇帝の妻ではなく臣下なのだ。

「そうね」

玉葉后は淡い笑みを浮かべた。どういう表情だろうか、と壬氏が読み取る前に、玉葉后は椅子から立ち上がって窓辺に移動する。そして窓を開けて外を覗《のぞ》いた。

壬氏も窓辺に向かう。庭に明るい髪色の娘がおり、何やら茶会の真似事をしていた。

「兄さまの娘、私にとっては姪《めい》になりますね。姪は入内《じゅだい》せずに、私の侍女になりたいと言っています。今もこうして、行儀見習いの修業中です」

玉葉后は柔と剛を併《あわ》せ持つ人物だ。後宮《こうきゅう》時代は、実家が遠いうえ、中央の他の妃たちから敬遠されながらも、独自の人脈を築いていた。嫌な言い方をすれば同性を誑《たら》し込《こ》むのが上手い。壬氏が宦官《かんがん》時代に彼女を上級妃に推薦したのは、その強《したた》かさを評価した面が強い。

「後宮に入内できないのなら、月の君の妃にとされそうになった娘です。ふふ、顔を見せないでくださいね。月の君の顔を見たら、心変わりして皇弟妃《おうていひ》になりたいと言い出しかねませんから」

「ご冗談を」

とはいえ、壬氏は老若男女《ろうにゃくなんにょ》問わず言い寄られることも多いので、正直ひやひやする。

「月の君が覚悟を決めたように、私も覚悟を決めております」

「いろいろ、申し訳ないことをしていると思っています」

「申し訳ない？　それは私に言うことではないわ」

玉葉后は少し声を大きくした。

「私以外にもっと迷惑をかけている人がいることを忘れないでちょうだい」

「はい」

壬氏はただ返事をするしかなかった。

猫猫か皇帝か、それともどちらともなのか。

壬氏は、あのやらかした場面にいた人物を思い出していた。


自分の宮に戻ると水蓮《スイレン》が掃除をしていた。ただの掃除ではなく大掃除だった。

「水蓮、張り切るのはいいが、旅の疲れもあるだろう？　ゆっくりしていいぞ」

大体、宮は留守中もしっかり掃除されていたようだ。さらに掃除しなおすのは、世に言う鬼姑《おにじゅうとめ》のようではないか。

「ゆっくりしろなんて、まったく甘いですね。坊ちゃま」

「坊ちゃまはやめてくれ」

「いいえ、その甘ちゃんぶりは坊ちゃまで十分です。ほら、少し掃除しただけでこれだけ出てきました」

水蓮は朗《ほが》らかな顔をしながら怪《あや》しげな札《ふだ》や、人形、それから髪の毛で編まれた縄を見せる。

「……」

「坊ちゃまはお忘れでしょうが、目を離すと何をしでかすのかわからないのですよ。恋する娘という者は」

西都の一年間で忘れかけていた。これが壬氏の日常だった。

「いやいやいや」

「恒例の髪の毛が縫い込まれた下着もありますけど、着用しますか？」

「捨ててくれ」

「わかりました」

水蓮は容赦なくごみ箱に投げ捨てる。

呪《のろ》いの札《ふだ》や人形は、恋愛面以外にも壬氏を純粋に呪おうとしているものも含まれているかもしれない。だが、いちいちそれを追及するつもりはなく、呪いなど遠まわしな方法でしか攻撃してこない小物は、相手にするつもりはない。

呪いが迷信であるとはっきり思う壬氏だからこそ、そう割り切れる。一体、誰の影響だろうか。

「麻美は来ているか？」

「はい。奥の部屋を手伝わせております」

麻美も女傑だが、水蓮には敵《かな》わない。

居間では、麻美が水蓮と同じようにごみ箱に怪しげな人形を捨てていた。

「お久しぶりです、月の君。こちらは後ほど火中《かちゅう》にしますのでご安心ください」

西都で見慣れた桃美《タオメイ》の年齢を半分にしたような女だ。高順と桃美の娘だが、高順の要素はほとんどない。

「早速だが、この一年間の出来事を教えてくれるか？」

「はい。では月の君に関連していることから」

手を休めることなく、麻美は話を始める。

西都から来た玉鶯の娘は、近々玉葉后の侍女になること。これは、すでに后から聞いている話だ。

それに加え、壬氏の妃《きさき》をどうにかしろという声が上がっていること。

梨花妃の息子を東宮に仕立て上げようとする派閥が動きを見せていること。

「他には……」

麻美が少し言いよどんだ。

「何かあるのか？」

「噂《うわさ》程度の話です」

「言ってみろ」

壬氏は椅子に座り、水蓮がいつの間にか用意した茶を飲む。

「現在、皇族の男児の数が少ないことが問題です。主上には二人の男児、月の君は未婚。ということで、数少ない男性皇族に接触をはかる者たちがいるといいましょうか」

「まあ、妥当ではあるな。たしか、先々帝には年の離れた異母弟がいたな」

つまり先帝の叔父にあたる。女帝の統治時代に、彼女の怒りを買うことを恐れて出家したと聞いた。

「はい。そのかたに息子が一人います」

男系なので、継承権は残っている。

「謀反《むほん》でも企んでいると？」

「それは以前より変わらない態度です。当人は、政《まつりごと》に興味はない。ただ、それとは別に男系皇族がいると噂になっているのです」

「他の男系皇族？」

壬氏は首を傾げる。

「一体、何代前の皇族だ？」

「三代前でしょうか。かつて皇族でありながら時の帝の怒りを買った者がいたそうです」

「ふむ」

「その者は処刑される前に皇籍をはく奪されたのですが、その前に平民の娘との間に子を作ったと」

茘の制度では、皇籍がある間に生まれた子どもには皇籍が与えられる。たとえ庶子《しょし》でも、証拠があれば皇位継承権が与えられるが、その多くは偽物だ。本物でも重鎮の都合で、なかったことにされるのがほとんどだろう。

「とんだおとぎ話だな」

「ええ。与太《よた》もいいところですが、せっかくなのでお話をと」

麻美なりの冗談だ。似たような話はいくらでも聞いたことがある。妓女《ぎじょ》の中にも皇族の落とし胤《だね》だからと、『華《カ》』を名乗って商売する者もいるくらいだ。

とはいえ、猫猫という事例もあるので、完全に否定するわけにもいかない。

「まだまだ話はありますが、どうされますか？」

「腹が減った。食事をしながら聞くが問題ないか？」

「かしこまりました」

麻美はまた一つ髪の毛の刺繍《ししゅう》入りの埑子《クッション》を見つけたらしく、ごみ箱に投げ捨てた。

壬氏は宮殿ごと替えたほうが早いのではないかと思ったが、猫猫が無駄遣いすんなと顔をしかめる姿を想像し、口には出さなかった。

六話　天祐《ティンユウ》の医務室日誌

「すみませーん、こいつはばらしてはいけないんですか？」

天祐《ティンユウ》は新鮮な首吊《くびつ》り死体を見ながら言った。新鮮といっても丸一日以上経《た》っている。ちょうど、死後硬直が解けている頃だ。

死後硬直と聞くと天祐は獣の解体を思い出す。

医官を目指す前の天祐は猟師をしていた。山で狩った獣はその場で血抜きをし、内臓を取り除いてから持ち帰ることが多かった。血抜きをすれば肉の臭みが減る。また内臓を取り除けば、胃の内容物や糞尿《ふんにょう》、胆汁《たんじゅう》などが付着しないので、肉がまずくなることを防ぐ。

解体の手が早い天祐は、その勢いで骨までしっかり取り除いたことがあった。すると、父に散々怒られたのだ。

死後硬直する前に骨を取り除くと、肉質が悪くなる。まずい肉を食らいたいのか、とげんこつを食らった。

では、この死体は骨付きだが、肉質は良いのだろうかとふと思ってしまう。

「おい、こいつどうにかしろよ？」

なっている。

　同僚および先輩がたには、天祐はこんな調子だ。毎度のことすぎて、注意する気もなく
「やだよ」

「ねー、娘娘《ニャンニャン》。内臓取り出すくらいなら切り取っていいと思う？」

　天祐は、近くにいた医官手伝いを巻き込む。本名は猫猫《マオマオ》だが、天祐にとっては娘娘だ。

「腹を裂く時点で、いろいろ問題があるのでやめてください。死体って臭いですから、適切な場所で処置すべきでしょう」

　娘娘は目をきらきらさせながら薬棚を整理していた。娘娘は遺体より、生薬のほうが好きだ。薬に関しては中級医官以上の腕前らしく、官女《かんじょ》でありながら医官扱いされることも多い。西都への旅にも同行した。

　娘娘が長い船旅から帰ってきて二日目なのに元気なのは、豊富な薬を前にしているからだろう。

「おまえら元気そうだから、普通に仕事していいんじゃないか？」

　先輩医官に言われたが、そんなの天祐が決めたことではない。天祐と娘娘は、疲れがたまっているという配慮なのか、比較的仕事が少ない医務室で細々とした仕事を任されている。

「なんで死体を医務室に置いているわけ？」

　洗濯したさらしを抱えて姚《ヤオ》がやってきた。医官手伝いなどやらなくていい家柄のお嬢さ

まだ。天祐には、なぜ姚が医官手伝いをやっているのかわからない。そして、ぴったりと燕燕《エンエン》がくっついている。燕燕は姚の従者で、常に姚を一番に考えている。

「やあ、燕燕。久しぶりだねえ」

天祐はあえて姚を無視して燕燕に話しかける。姚は気にした様子はないが、燕燕はむすっとしている。姚に話しかけると威嚇《いかく》するくせに、無視するのは気に食わない。よくわからない感情だ。

一時期はこの二人が仲たがいしたらどうなるかと、いろいろちょっかいをかけたこともあった。今は他に面白いことがあるのでどうでもいい。

「李《リ》医官……、ですよね？　この遺体は片付けないのですか？」

姚に代わり燕燕が、李医官に聞いた。天祐の先輩医官で、同じく西都に行った人だ。一応、天祐も『李』なのだが、ややこしいので天祐は名前で呼ばれている。

なぜ姚が確認するように聞くのか、それは李医官が西に向かった面子《メンツ》の中で一番様変わりしたからだ。かつてのほっそりとした文学青年風の見た目は、強い日差しと乾燥した空気によって肌が赤く焼け、荒々しくなっている。

また、いくらでもやってくる患者をさばくのに精神が鍛えられ、丸太のように図太くなった。からんでくる破落戸《ごろつき》を睨《にら》み返し、やれるものならやってみろと挑発し始めたとき、天祐は面白くて腹を抱えて笑ったのを覚えている。

西都での生活は何より体力が資本で、気はいいが滅茶苦茶なところがある上司の楊《ヨウ》医官を補助しているうちに、やたら筋肉質に変わってしまった。体力をつけるために肉と乳製品を多く食べたのが原因かもしれないし、無茶ぶりをする上司や天祐へのいら立ちを、布団を巻いた柱を殴る蹴るして発散させていたせいかもしれない。西都生活の終わりには、山羊《やぎ》の生乳に大豆の粉を混ぜて飲むようになっていた。

中央勤務復帰から二日、李医官はすでに十人以上から「おまえ、誰だ?」と言われている。

「西都から戻ってきた『李』で間違いありません。遺体については、まだ事件の詳細を調べて確認作業を行う予定です」

李医官はここ一か月ほどの日誌を読んでいる。遠征を終えた李医官は、もう上級医官並みの働きを見せるということで昇進が決まっていた。天祐もいっぱい怪我人《けがにん》の手足を切ったり縫ったりしたのだが、そんな話はなかった。

「ねえねえ、李医官。犯人はもう捕まってたし検分も終えているのに、まだ調べるの?」

天祐は純粋に疑問に思っている。暇そうだと思われたのか、天祐の前には洗濯したさらしの籠がどどんと置かれ、丸めて片付けろと燕燕が無言の圧力をかけていた。

「まだ調べる」

「そうでしょうね」

廃棄する生薬を片付けつつ、娘娘《ニャンニャン》が李医官に同意した。

「なにがそうでしょうね、なの？」

天祐は娘娘に聞く。動物の体の構造ならともかく、他の点については天祐より娘娘のほうが、知識が豊富だ。

「犯人は官女《かんじょ》が三人。計算上、理屈上、机上の空論上、武官一人を殺害するのは可能です。いきあたりばったりの計画が、偶然成功することもあります。逆に言うと失敗する可能性も大いにありました」

「たまたま成功したんじゃない？」

「政治や法律のことはよくわかりませんが、本当にたまたま成功したのか、それとも別の要素があって成功したのか。別の要素があった場合、証拠となる遺体をおいそれと遺棄したり手を加えたりできませんから」

李医官は反応しない。つまり猫猫の話は間違っていないのだろう。

「なにそれ？　娘娘と眼鏡のちっこいのが立証してたじゃん」

よくわからないと天祐は首を傾げる。

「やっぱ、解体する？　する？」

「するな！」

李医官は日誌を置くと、遺体の前に立つ。

「ここに遺体があるとあんまり騒ぐな。我々は慣れているが、他の部署の者たちが顔色を変えるからな」

「はいはーい」

返事が悪かったのか天祐は李医官にげんこつを食らう。李医官は、筋肉の影響か知らないが、肉体言語が以前より多くなった。

「姚、燕燕、ちょっといいか？」

李医官が聞き耳を立てながらも静かにしていた二人に声をかける。

「日誌を見たんだが、大丈夫なのか？　二人とも女子の宿舎に戻らないのか？」

「なんです？　それ初耳なんですけど」

娘娘《ニャンニャン》も二人を見る。なぜか顔色が悪い。

「猫猫は知らなかったわね。女子の宿舎がもういっぱいで新しい官女《かんじょ》が入れないから、希望者を募って出ていくようにと言われたの。私と燕燕は、ほとんど宿舎にいなかったからちょうどいいかなって。かわりにあなたの部屋をそのままにしてもらったわ。たまに掃除したけど、埃《ほこり》っぽくなかった？」

「いえ、大丈夫です。ありがとうございます。しかし、宿舎を出ていくってそんなことが……って、つまりまだあの家に滞在すると？」

娘娘の顔がやや引きつっている。『あの家』ってなんだろうな、と天祐の好奇心がむくむくっと大きくなる。

「ええ、そうなっちゃうわねえ。もう家具も増えたし、引っ越すのも一苦労だから」

「完全に住んでいますね」

「ちゃんと滞在費用は払っているわよ」

「羅半《ラハン》さまは受け取ろうとしないので、代わりに信頼できる使用人のかたにお渡ししております」

燕燕は妙に気まずそうな顔をしている。普段は、姚を全肯定する燕燕だが、この件については思うところがあるらしい。

娘娘が斜め上の天井を見ていた。気まずい内容のようだが、どう話題に割り込もうかと、天祐は目をきらきらさせる。

「ねえねえ、じゃあ二人はどこに住んでいるの？」

天祐は、単刀直入に聞いてみた。

「私は何もわかりませんので、そちらはそちらでやってください。ただ、たまに燕燕の菜《おかず》をいただければ嬉《うれ》しいです」

「猫猫……」

燕燕がどこかすがるように娘娘を見る。

「私もだいぶ作れるようになったわよ！」

姚は姚で、燕燕に張り合うように言った。

天祐は完全に無視されている。

「ねえねえ」

天祐がまた無理やり会話に加わろうとしたところで首根っこをつかまれた。

「おまえは仕事をしろ」

李医官の筋肉は、天祐を借りてきた猫のように持ち上げるまでに発達している。身長はさほど変わらないはずなのにどれだけ鍛えたのだろうか。

「この三人も話をしているじゃないですか？」

「手は動いている」

娘娘《ニャンニャン》は処分する生薬を帳面に書き、姚と燕燕はさらしをくるくる巻いては棚に片付けている。

「おまえの仕事はこれだ」

李医官は自身が読み終えた日誌をどどんと天祐の前においた。

「日誌に書いてある特殊な処置事例を調べて確認しておくこと。いいな」

「……はい」

天祐は素直に返事をしないと、首をへし折られるのではないかという威圧を感じた。

七話　麻美《マーメイ》と不器用な弟

何があったのだろうか。

麻美《マーメイ》は約一年ぶりに会う弟たちを見て思った。

「おひさしぶりですねぇ、麻美さん。ただいま戻りましたよぅ」

まず挨拶してきたのは、上の弟である馬良《バリョウ》の嫁、雀《チュエ》だ。元々、麻美の知人で、やたら明るい性格なのを知っていたが、今の格好はなんだろうか。

「どうしたのその姿？」

雀は右腕をぶら下げていた。それだけでなく体のあちこちに裂傷、切り傷があり、あと発音が少しくぐもっているところから、内臓も損傷していることがわかる。

「ちょいとへまをしてしまいまして、右手が一生使い物にならなくなりました|。まあ、ご心配なく。この通り奇術の一つや二つ、片手でもできますから」

雀の手のひらから、花やら旗やらぽんぽん出てくる。

雀の夫たる馬良は、いつも通りだと生気のない目で妻を見ていた。雀の容体《ようだい》については心配だが、もう一人問題児が残っていた。

「馬閃《バセン》、なんですかそれは！」

下の弟は、肩に家鴨《あひる》を乗せていた。昨日、月の君の使いで麻美を呼びに来たときにはいなかった。どこから持ってきたのだろうか。

「家鴨の舒鳧《ジョフ》です」

馬閃は真顔で言った。冗談を言えるほど器用な弟ではない、つまり本気で言っている。

「名前を聞いているのではありません。うっ、全体的に家畜臭い」

麻美は袖で鼻をおさえる。よく見ると馬閃の服の端々に糞《ふん》が付いていた。

「お母さま、これはどういうことですか？」

一緒に西都から戻ってきた母親の桃美《タオメイ》に確認する。桃美は色の違う両目を半眼にし、諦めの目を末っ子に向けていた。

「私は、西都に置いて行けと言ったわ」

「雀さんは丸々太って食べごろと言いましたよぅ」

母と兄嫁それぞれに睨《にら》まれる馬閃。

「ええい、食べんわ！　舒鳧は家族です。家族を食べようとするなど犬畜生《いぬちくしょう》にも劣る所業をせよというのですか？」

「一体、何があったのよ？」

確かに西都に行く前に、特別任務とか言って家畜臭い格好で帰ってくることが多かったが、そのせいで家鴨に愛が芽生えたのだろうか。物思いにふけっていることが多く、誰か好きな人ができたのかと思ったが、まさか家鴨が相手だったのだろうか。

「馬閃、その家鴨は雌《めす》なの？」

「はい。良質の卵を二日に一度産みます」

なぜか馬閃は胸を張る。西都に行っている間も鍛錬は怠らなかったようで、童顔の頬肉が少し落ちていた。精悍《せいかん》になったかと思えば、頭の中は退化したようだ。

「麻美さん麻美さん、外はまだ寒いので早く中に入れていただけませんか？　雀さんはこの通り全身がたがが来ているものでつらいのです」

よよよ、と雀がわざとらしく馬良に寄りかかる。馬良は一瞬、顔を歪《ゆが》めたが何も言わず雀を寄りかからせた。雀は、冗談ではなく体調が芳《かんば》しくないのだろう。

「わかりました。部屋は掃除してあります。おじい様がたに挨拶をする前に着替えたほうがよろしいでしょう。長旅の疲れも配慮して、宴《うたげ》などは十日後に予定しております。ところでお父さまは？」

「主上の元へ戻っています」

父である高順《ガオシュン》は、元々皇帝の従者だ。西都での報告や溜《た》まった仕事の整理などで、宮中に入り浸りになるだろう。

桃美、馬良、雀と屋敷の中に入っていく。

「はい、止まれ」

「なんですか、姉上？」

「なんですかも何もありません！　家鴨《あひる》を屋敷に上げるなど言語道断！　さっさと野に放ってきなさい！」

「よく言いました。麻美」

桃美はうんうんと頷《うなず》いていた。おそらく西都で散々やりあって桃美が根負けしたのだろう。あの母を根負けさせるとは、馬閃も嫌な意味で成長したのかもしれない。

「室内に家畜を入れるなんて、ありえないでしょう」

「そんな母上こそ梟《ふくろう》を飼っていたじゃないですか！」

「梟は家畜ではありません！　なにより持ち帰っていないので、問題ありません！」

どうやら母も西都で何やらやらかしているらしい。だが、ここで話をややこしくしたくない。なので、麻美は馬閃だけ狙い撃ちすることにした。

「馬閃は家鴨をどうにかするまで屋敷には上げません」

桃美は、玄関の戸を閉める。

「姉上！　ちゃんと餌やりも散歩もします」

「最初だけでしょ、そのうちやらなくなります！」

「姉上！　舒鳧はいい子です。室内では糞《ふん》をしません」

「その糞だらけの服で何を言っているんですか!?」

戸越しに麻美と馬閃がふざけたやり取りをしていると、服の裾がつかまれる感触がした。

「ははうえ。おきゃく？」

やってきたのは麻美の息子と娘。それから、弟夫婦の息子だ。雀とは結婚時の約束として、子育ては全面的に小姑《こじゅうとめ》に任せる話になっていた。麻美の甥《おい》にあたるが、ほとんど自分の子と変わらず育てている。

「お客様ではなく、ばーばとおじさん、おばさんですよ。忘れましたか？」

「ばーば？」

小さい子どもには一年の空白は長い。あれだけ懐いていた子どもたちが遠巻きに見ている。ただ、一番上の孫だけは記憶に残っていたらしく、近づいてきた。

「ばーば、おかえりなさい」

「大きくなりましたね」

桃美は麻美の息子である孫を撫《な》でる。それを見て、孫娘と長男の息子も真似をする。

「おやおや、この子は。都を出たときは、はいはいしかできなかったのに」

桃美は長男の息子の頭をゆっくり撫でて抱っこする。そして、馬良の前に突きだす。

「一年ぶりの我が子ですよ。抱いてあげてちょうだい」

馬良は慌てつつ、恐る恐る我が子を抱っこする。机に一日中はりつくだけの文官だが、小さな子ども一人くらいなら抱えられるようだ。

　雀も自分の子の顔をしっかり見ている。

「はいはーい、泣かないでくださいねー」

　雀は、また器用に手品を繰り出して子どもをあやす。雀の手では子どもを抱き上げることはできない。だがそれ以前に、雀は子どもに触れようという気持ちはない。

　雀は子どもを産んだが、母親になるつもりはないのだ。

「おばちゃんだれ？」

「はーい、雀さんですよぅ。親戚のおばちゃんには違いありませんねぇ」

　雀は手品で出した旗を子どもたちに渡すと、前に進む。

「それでは、雀さん、先に部屋に戻っております」

　雀は軽やかに動いているように見えるが、無理しているのがわかった。

　麻美はちらりと馬良を見る。

「なんであんたは無傷なわけ？　嫁はあんなに傷だらけなのに」

　皇族を守ること、それが『馬《マ》の一族』の役目だ。

「どうして雀さんはあんな姿なのよ？」

「結婚しても雀の好きにさせるって勝手に約束したのは、姉さんだろう？」

「なんか生意気」

麻美は馬良のすねを蹴る。馬良は片足でぴょんぴょん飛び跳ねる。

「さて、点心《おやつ》にしましょうか」

「はい、ははうえ」

「うえ」

「……」

甥《おい》っ子だけはまだ上手く喋《しゃべ》れないので、手を挙げる。雀に似たのなら語学が堪能になりそうだが、まだまだ単語をいくつか話す程度だ。

「お母さま、馬良。おじい様に帰国のご報告をお願いします。湯と着替えは部屋に準備してあります」

「わかりました」

桃美と馬良は屋敷の奥に行った。

麻美は乳母に子どもたちの世話を頼む。

麻美の仕事は母親役だけではない。馬の一族の男たちはいつ皇族を庇《かば》って死ぬかわからない。ゆえに、男たちが何人いなくなっても一族が継続できるように、女は頭の役割を果たさねばならない。

桃美たちの報告も麻美は確認する必要がある。そこに抜けがあってはいけない。

「私もあんたも報告の場に同席しないといけないんだけど……、いつまで外にいる気？」

麻美は裏庭に面した窓を開けた。そこには、家鴨《あひる》を抱いたまま途方に暮れている馬閃がいる。ふわふわした白い家鴨は抱いていると温かそうだ。

「舒鳧を家族と認めてくださるのですか？」

「人の話を聞かないわね。家鴨を屋敷に入れるなって言ってるのよ。あんたが家の中に入れたら、子どもたちも真似するでしょう？　一人一羽ずつひよこが欲しいとか言われたら責任とれるわけ？」

「そ、それもそうですね」

「一番いいのは、雀さんの言うように、食卓にのせることだけど」

馬閃は家鴨を抱きしめ、やめろと目で訴える。どうにも元服した男がやる仕草ではないが、麻美は馬閃が成長したことに気が付いた。

「あんた、力の加減ができるようになったじゃない？」

「いつまでも子どもじゃありませんから」

馬閃の膂力《りょりょく》は、そこらの武官など比べものにならないほど圧倒的に強い。生まれつき筋肉質でかつ痛みを感じにくい体質によるものだ。

麻美はかつて幼い馬閃に腕を折られたことがある。癇癪《かんしゃく》を起こして骨を折るほどの馬鹿力であり、長年力の制御ができず苦労していた。

末っ子に女っ気がないのはその時の記憶が強く残っているからだろう。女に触れたら壊してしまう、その固定観念が染みついている。

麻美は、馬閃と家鴨を交互に見る。

「ねえ、その家鴨、元いたところに持っていったら？」

「いまさら西都には戻せません」

「違う違う。あんたが西都に行く前に行ってた場所よ。そこから貰《もら》ってきた家鴨じゃないの？」

「あっ」

馬閃は今頃思い出したらしい。

「いや、でも、もうあそこに仕事はないので立ち寄る理由などなく……」

馬閃は顔を真っ赤にしている。ははん、と麻美の女の勘が冴《さ》え渡った。さすがに馬閃でも、家鴨が相手ではなかったらしい。

「理由なんて、なければ作ればいいのよ。家鴨返すついでに、お世話になった人にでも会いに行けば？」

「……」

馬閃は黙る。どこまで色恋沙汰《いろこいざた》に奥手なのだろうか。しかし、この様子だともう一押しすれば口を割りそうな気がした。

「家鴨《あひる》を飼っているのなら、農民かしら？」

「いえ」

馬閃は、はっきりと答える。

「じゃなきゃ世捨て人なの？」

尼《あま》さん相手だとすれば前途多難だ。

「好きで世を捨てたわけではありません」

馬閃は単純だ。はっきり誰か言わなくても、誘導尋問でいくらでも聞き出せる。

麻美の情報網は、『巳《み》の一族』には劣るがかなりのものだ。

ここ数年で馬閃の周りで出家させられた者はいただろうか。馬閃が接する可能性がある出家させられた者。さらに、家鴨が関係しているとなると自然と答えが出てくる。

「……ねえ、もしかしてお相手は元妃《きさき》とかじゃないわよね？」

「な、ななな、なんのことでしょうか？」

馬閃は明らかに動揺していた。

宮廷を騒がせた罪により、上級妃である里樹《リーシュ》は出家させられた。その際、変なやっかみを防ぐため、普通とは少し変わった寺院に入れられたと聞いている。不老不死を研究する道士の集団に投げ込まれたはずだ。医食同源の言葉の通り、食事によって寿命を永らえるために、さまざまな農法や家畜の研究をしている。

『卯《ウ》の一族』の令嬢、里樹。母親は卯の一族の本家の娘で皇帝とは幼馴染《おさななじ》みだ。

里樹の身辺については、皇帝が気をきかせて何度か『馬の一族』の者が護衛に入ったことがある。報告によると実父にあまりいい扱いをされていなかった。噂《うわさ》では、二度も入内《じゅだい》した恥知らずな悪女というが、実際は政治の道具としていいように利用されていたというのが真実だ。

里樹はかわいそうな娘である。とはいえ、馬の一族が他の名持ちの一族にとやかく言うわけにもいかず、そのまま放置してあったのだ。

卯の一族の家格はだいぶ落ちている。里樹の父親は婿養子《むこようし》として入ったはいいが、名家を背負うほどの才覚はなかったらしい。まだ里樹が上級妃のままでいればもう少し格を保てただろうに。

家格が落ち、本人も二度離縁している出家した息女。

「あんたも物好きね」

「物好きとはなんですか！」

馬閃は鼻息を荒くする。家鴨は馬閃の手を離れ、裏庭の草を啄《ついば》んでいた。

「彼女のことを何も知らないで勝手なことを言わないでください！　彼女は春を待つ小さな花のようなけなげな人なんです！」

「まだ何も言ってないわよ」

一瞬で、馬閃の顔が赤くなる。

勝手に口走るところもまだまだ青い。これでは、父の高順のように側近になるのは無理だ。せいぜい護衛どまりだと、麻美は思う。

「春を待つ小さな花ねえ……」

麻美や桃美はどんな花に例えられただろうか。麻美は、絡みつく蔓《つる》植物に似ていると言われたことならある。旦那を執念で根負けさせて捕まえたところから来ていると、麻美自身もわかっている。

さて、ここで問題だ。

馬閃をけしかけたものの、出家した元上級妃の元に通うようなことがあっていいのだろうか。

常識を考えれば否《ノー》だ。

とはいえ、せっかく異性に興味を持った弟に諦めろと現実を突きつけるのも気が引ける。姉として、何かできないものだろうか。

馬の一族の女の武器は頭脳だ。男たちが何かあったときのために、いつでも采配《さいはい》を振れるように二手、三手先を読む必要がある。

馬の一族のことを考えれば、さっさと諦めろと言えばいい。だが、麻美の思想に反する。

とはいえ、よく考えずに応援するのは無責任だ。

麻美は、以前馬閃に好き勝手な助言をしたことを後悔した。

「馬閃、とりあえず一度家鴨《あひる》を元の場所に戻しなさい。ただ、連絡を取ってから戻しにいくの」

「連絡を取ってからですか？」

「ええ、連絡。あと、すでに終わった仕事先でしょう。馬閃に命令した上司、月の君かしら？　上司には絶対、確認を取ること」

何か問題が起こりそうなときは、あらかじめ上の人間を騒動に巻き込んでおく。麻美のやり方だ。

「は、はい」

「それから家鴨を返しに行く際、私も行くわ」

「なぜ姉上が？」

「家鴨の他にたくさん家畜がいるでしょう？　情操教育のため、子どもたちに見せるのよ。ついでに、そこで偶然とある名家のご息女を見つけるだけ」

要は何か話の種を作るのだ。

名持ちの一族は年に数度、会合をする。『羅《ラ》の一族』といった変わり者でなければ、大体参加の意を示す。もうすぐ会合の時期だ。

卯の一族は家格が落ちた。その原因である里樹の父は参加せず、別の者が出席するだろう。麻美はおじい様の付き添いの名目で、卯の一族に接触すればいい。蒔《ま》いた種はそこで芽吹かせればいい。

「あんたは西都で何をやっていたの？　派手な功績を上げてたりしない？」

「そんな報告はなかったでしょう？　戦《いくさ》でもなければ武官が手柄を立てることは難しいんですよ」

もし戦国の世であれば、馬閃はいくつもの首級《しゅきゅう》を挙げていただろう。同時に、この無茶な性格で長生きできるとは思えない。

「そうねえ。やたら農民の一人が役に立ったとかわけのわからない報告が多かったわね」

「ええ、大変優れた農民でした」

「本当なの!?」

一体、どんな人物なのだろうかと、麻美は気になった。農民でその名を馳《は》せるというのはよほどのことである。どこにでもあるような名前だったので、憶えていなかった。

「西都では何をしていたわけ？」

「盗賊退治と虫退治です」

「うん、駄目だ」

何年か前に武官に中級妃が下賜《かし》された話があったが、それに倣《なら》うのは難しい。

「なら、主上の親心に訴えかけるとか」

皇帝は里樹を娘のように扱っていたはずだ。その場合、阿多《アードゥオ》も巻き込むべきだろう。

「何をぶつぶつ言っているのですか、姉上」

「あー、うるさい。ちょっといろいろ考えているの。とりあえず、月の君に連絡！　いいわね！」

「わ、わかりました」

「それと家鴨《あひる》はとりあえず庭に置いといて、あんたは湯あみして着替えなさい。あんたがいないと、お母さまも報告ができないでしょ？」

「わかりました」

馬閃は家鴨に何か言い聞かせ、庭師に世話を頼む。

麻美はとてつもなく初心《うぶ》で面倒くさい弟を見ながら、どう駒を進めようかと考えるのだった。

八話　阿兄正伝《あけいせいでん》

余寒《よかん》、晴天

麦踏みを行う。近所の小母《おば》さんと子どもを使って、十反《たん》ほど。農閑期の仕事として悪くないが、他に何かできるものはないか。

梅花《ばいか》、雪天

倉庫の甘藷《かんしょ》の管理。湿度に気を付けないとすぐ腐るのが難。干し芋以外の加工法を模索。

羅半《ラハン》より文が来る。一体、何の用だ？

春寒《しゅんかん》、雨天

羅半がやってきた。俺にしかできない仕事があるという。これが成功すれば、宮中への出仕も夢ではない。

俺は、農村だけで終わる男じゃない。

早春《そうしゅん》、曇天

しばらく家を留守にするため、畑の管理を信頼できる農民に任せる。

また、農村の若者の中で、俺について来る者を探す。羅半曰《いわ》く健康かつ対応力が求められる職場らしい。働き手を失うと困る家も多い。身寄りのない者を中心に集めよう。

浅春《ざんしゅん》、晴天

羅半に案内された先は港だった。海路で行くのか？

頼まれた甘藷や馬鈴薯《ばれいしょ》は腐らぬようにもみ殻に埋《うず》めている。羅半の交易に使うのか。

って、おい、なんで羅漢《ラカン》伯父さんがいるんだよ!?

えっ？　西都で農業実習とか聞いてねえぞ。

仲春《ちゅうしゅん》、晴天

海、海、海。

乗り物に強くて良かったと、ひたすら吐きまくる羅漢伯父さんを見て思う。伯父さん、俺のこと甥《おい》っ子だって微塵《みじん》も気づいてなかった。何度か名前を伝えたんだけど。いや、別にいいけどね。

船ではやることがないので、調理場で料理を手伝ったり、意味もなく釣《つ》り糸を垂れたりする。当たり前のことだが、海って耕す土地はないな。

春色《しゅんしょく》、曇天

亜南国《アナン》に一時滞在。

南国ということで、作物が色とりどりだ。果物は多いが、畑作はあまりない。潮風で塩害になりやすいからだろう。

市場で買った果物の種は、茘《リー》でも育つだろうか。

春暖《しゅんだん》、晴天

戊西州《いせいしゅう》に到着。草原ばかりだ。何もない。耕せばいい畑になりそうな土地が多いが、水が乏しい。上手く水源を探し、灌漑《かんがい》施設を作れないだろうか。

あと、陸地に上がったためか羅漢伯父さんがやたら元気になった。

陽春《ようしゅん》、晴天

西都の大きな屋敷に滞在することになった。

とりあえず荷物の整理をしようとしたら、持ってきた種芋《たねいも》がない。

どうやら医官たちの荷物にまじっているらしく、医務室に向かう。

なんか見たことのある顔があった。猫猫《マオマオ》とかいう、羅半の義妹が来ていた。なぜか俺のことを「羅半兄《ラハンあに》」と呼ぶ。そういや自己紹介したことなかった。自己紹介しようとしても聞いてくれない。これだから、羅《ラ》の家系って嫌なんだよ。皆して人の話を聞かねえから。

桜花《おうか》、晴天

農村に行って、芋の栽培方法を教えることになった。

なんで戌西州まで来て、農業を……。

連れてきた奴らは、慣れた仕事だと気にしていないようだが、これは詐欺だ。羅半、なんであいつあんなにあくどいんだよ。

ってか、それにしてもひでえな、ここの農村。麦を育てる気がねえのか？　植え付けた時期はずれているし、分蘖《ぶんげつ》を促していないところを見るに麦踏みもやっていない。土が痩せているぞ、暖炉の灰でもいいから撒《ま》きやがれ。

春風《しゅんぷう》、晴天

戌西州って雨降らねえな。

猫猫たちと農村に来たはいいが、俺はしばらく農民に芋の栽培方法を教えることになった。甘藷《かんしょ》より馬鈴薯《ばれいしょ》のほうがここの気候に合っている気がする。

そういや、蝗害《こうがい》がどうこうとも言っていた。確かに飛蝗《バッタ》の数は多い気がする。こいつらは駆除してもいくらでもわいてくるから困る。猫猫からもらった農薬を薄めて撒《ま》いておく。

新緑《しんりょく》、晴天
戌西州は、昼は日差しが強くて暑く、晩はひたすら寒い。寒暖差が激しいので、芋の育ちが心配だ。

農村での一仕事を終えて、西都の屋敷へと帰る。屋敷には雀《チュエ》とかいう侍女が買ってきた山羊《やぎ》がいた。山羊を放置するなよ、こいつら根こそぎ草を食らうから、なんにも生えなくなるんだ。雑草ならいいが、作物まで食われると困る。山羊以外に家鴨《あひる》もいた。偉い人の別邸だと聞いたけど、家畜ばっか連れてきていいんだろうか。

農具を片づけていると、小太りの小父《おじ》さんが茶に誘ってくれた。医官だというが雰囲気がどこか羅門《ルオメン》大叔父さんっぽい。いや、それにしてはかなり抜けた雰囲気ではあるが。

せっかくなんで茶の一杯でもと思っていたら、その人がやってきた。

噂《うわさ》には聞いていた。漆黒の絹のような髪に、陶器の肌、高い鼻梁《びりょう》に黒曜石が二つあしらわれているような目。天女の如き、人間離れした美しさの美丈夫がいた。

ただ一つ残念なのは、右頬にひと筋の傷痕があるが、それがなければ俺はどうなっていたかわからない。人を狂わせる類いの美しさだった。

俺は生唾を飲み込み、しどろもどろに答えるしかなかった。何か言われているが、何を言われているのか頭に入らない。

だから返事をしてしまった。断れるわけがなかった。

俺は戌西州を横断する芋普及の旅に出かけることになった。

立夏《りっか》、晴天
芋とともに馬車に揺られ、村から村への旅。

よそ者と白い目で見られることがある。別にいいよ、慣れているから。

祖父《じい》さんが羅漢伯父さんと羅半に追い出されたときとか、周りの目が本当に冷たかった。祖父さんと母さんは荒れるし、対して親父はいきいきと農業始めるし、俺はどうすりゃいいのかって。十かそこらの子どもは大人たちの顔色を窺《うかが》い、なんとか環境に適応するしかなかった。ほんと、自分ながらよくやった、俺、偉い。

それを考えると、ひたすら農村で作物を育ててるなんてある意味簡単だな。

あー、俺、この旅が終わったら嫁を貰《もら》う、可愛くて怖くない癇癪《かんしゃく》持ちでもない嫁さん貰う。

薫風《くんぷう》、晴天

一つの村に滞在する時間は短い。数日の間に、俺が教えるべきことを教えなくてはいけない。

貴重な紙を使って書物形式でまとめようとしたが難しい。農村部では識字率が低いので、書き留めても読めるかわからない。

いかに簡略化して、かつ要点は逃さぬように教えるか。そこにかかっていた。

俺の教え方が上手くなったのか、よそ者を見る目から客人を見る目くらいに変わっていった。たまに村娘が俺に茶を運んでくれる。可愛い子だったけど、ああいう可愛い子にはもう旦那や将来を誓い合った男がいるんだ、知ってる。勘違いしちゃいけねえ。相手の些《さ》細《さい》な好意を、自分のことが好きだからだとうぬぼれるような男は嫌われるんだよな。

遠い地の食文化を知るのは面白かった。足りない栄養を補うため、豆でもやしを作ることもあるらしい。その際に使う豆などをいただく。西都に戻ったら作ってみよう。

青葉《あおば》、晴天

月の君との連絡には鳩《はと》を使った。便利だけど一方通行なのが面倒くさい。鳩がなくなる前に、西都から鳩が補充される。

西都からずいぶん離れた場所まで来た。もう少し先で折り返しだ。その村で面白い小麦を見つけた。収穫量が多い畑があると聞いて調べたら、一般的な小麦に比べて草丈が低いため倒伏が少ない。そのためか一株あたり多く実る。偶然丈が低くなった小麦が、増えたのだろう。面白い標本として、種もみを貰《もら》う。

深緑《しんりょく》、曇天

よし、これでようやく半分だ。これが終わったら俺は嫁を貰う。

しかし、なんだか天気が変だ。どんよりしている。雨期というわけでもない。

空を眺めると、異音とともに黒い雲が近づいて来る。目を凝らすと、雲は虫の大群だった。とうとう、とうとう来てしまった。

梅雨《ばいう》、蝗天《こうてん》

倒しても倒しても飛蝗《バッタ》は襲い掛かる。俺は残っていた鳩を飛ばし、連れてきていた農村の若者を急いで西都に戻らせた。

畜生、あと半月猶予があればよかったのに。食い散らされた麦畑には、踏みつぶされた飛蝗ばかり。焼石に水、多勢《たぜい》に無勢《ぶぜい》。空を埋め尽くすほどの飛蝗には何にもならなかった。

このままでは餓える。どんなに残った作物をかき集めようと、木の皮、草の根を食らおうとも。どうにか、どうにかしないと。

梅雨《ばいう》、晴天

残った馬鈴薯《ばれいしょ》は食糧として配り、甘藷《かんしょ》は干し芋にした。

食う物がないと略奪が始まる。大人も子どもも関係ない。配れるようなもんはなく、俺はちっぽけな良心で餓えそうな子どもに干し芋を分けてやることしかできない。

小暑《しょうしょ》、晴天

うわあああああ！

盗賊に殺されるーーーー！

げっ！

荷物を盗まれた！

暑中《しょちゅう》、晴天。

ようやく西都が見えてきた。

西都に近づくほど、役人が村の近隣に待機している。蝗害《こうがい》によって難民が西から流れてきており、俺もまたその一人のような扱いを受ける。

ううう、気持ち悪い。風呂にも入れず、飯もろくに食えない。水鏡に映る姿は、髭《ひげ》と垢《あか》にまみれてみすぼらしい。持っていた銭や干し芋は全て消えたが、なんとか種もみや緑豆《りょくとう》だけは死守した。

盗賊に襲われるし、持っている干し芋を略奪されそうになるし、人間不信になっちまう。まあ、中には親切にしてくれる人もいたけどな。

早く西都に戻って、状況を説明しないと。

盛夏《せいか》、晴天

西都に着いた。

俺の名前を伝えても誰も反応しない。どういうことだ？

もしかして、俺の名前は登録されてないとかそういうわけじゃないよな。

こういう場合、どうすればいいか。羅半はいねえし、猫猫の名前を出しても違うな。元はと言えば月の君の命令だ。よし、少しおこがましい気もするが、緊急事態だし呼んでもらう。大きな声を出さないと反応がない。叫んでいたら牢《ろう》みたいな所に放り込まれた。

大暑《たいしょ》、晴天

猫猫たちが迎えに来てくれたので、西都の屋敷に滞在。

食糧危機は深刻だ。食い物がなければ人は荒れる。

今の俺にできることは食い物を育てることしかなかった。

立秋《りっしゅう》、晴天

中央からの支援物資が届いた。俺は、その中ですぐ育ちそうな作物がないか探すがなかった。穀物や薬の類がほとんどだが、全然足りない。西から難民がどんどんやってくる。どうにかして、みんなの腹を満たす方法はないものか、山羊《やぎ》や家鴨《あひる》に雑草や害虫を餌として与えながら考える。

残暑《ざんしょ》、晴天

食糧不足による栄養失調が起きているらしい。猫猫曰《いわ》く、野菜が足りないらしい。こっそり作っていたもやしを見せるべきか。

薬草を育てる方法も相談される。西都では難しいだろうなあ。

しかし、医官っていうのは変わり者が多いのかねえ。猫猫や羅門大叔父もだけど、この元後宮《こうきゅう》の医官っていう小父《おじ》さん、いつもお茶に誘ってくる。悪い人じゃなさそうだからいいけどさ。

秋暑《しゅうしょ》、晴天

らーーーはーーーーーんーーーー!

あの野郎、殺す。
なんで未婚の娘さん二人と同棲してんだよ！

初秋《しょしゅう》、晴天
羅半に騙《だま》されて西都にやってきたものの、政治ってのは面倒くさいって見ていてわかる。俺の所見では、月の君は仕事ぶりは地味だが、着実な成果を出す人物だ。問題が起こる前に芽を摘《つ》もうとする。でも、世の中、起きた問題を解決する方が認められやすい。いるよな、そういう要領のいい奴って。
それはそうと、山羊と家鴨、なんで俺が世話してるんだろ。でもちゃんと保護しておかないと、雀さんが食べようとするからなあ。どこもかしこも餓えた奴らでいっぱいだもんな。

新涼《しんりょう》、晴天
本当に西都じゃ雨が降らねえ。水やりが大変だ。金持ちの家では贅沢《ぜいたく》の象徴として池が作られているけど、これは地下水を利用したもんなんだろうな。おかげでもやしは作りやすい。
西都の近辺で畑を作っているけど、一番の問題は灌漑《かんがい》だ。地下水をくみ上げて使うのは現実的じゃない。川から水を引けばいいけど、大掛かりになる。やはり水辺の近くじゃないと畑を作るのは無理か。

屋敷と外を出たり入ったりしてるとわかるが、どんどん街中の雰囲気が悪くなっている。皆、腹が減っていらいらしていて、食い物の争奪戦が起こることも珍しくない。蝗害《こうがい》は自然災害なのに、他国からの呪《のろ》いだなんていう奴らもいる。んなわけねえだろ。

本当に嫌な雰囲気だよなあ。

涼風《りょうふう》、晴天

起こるべくして起きた。

月の君がいる屋敷に民衆が押し寄せた。どうなるんだ、これ。ほんと。

俺にはわかんねえ。

秋涼《しゅうりょう》、晴天

もっとわかんねえ。

西都の長《おさ》とかいう玉鶯《ギョクオウ》が死んだ。

どうなってんだ？

秋色《しゅうしょく》、晴天

政治のことは考えるのやめよう。俺にはよくわからん。自分では頭は悪くないって思ってたけど、これは不向きだわ。うん、胃がやられて死ぬ。羅半だったら、割り切って淡々と仕事こなすんだろうな。ああいうところは絶対勝てねえ。

玉鶯さんとやらが死んだおかげで、しんみりした雰囲気だ。屋敷の使用人たちもやる気がない。でも、畑の作物にはそんなの関係ない。今日も開墾《かいこん》しなくちゃならねえ。

秋晴《しゅうせい》、晴天

月の君が別邸から引っ越すことになった。医官のおっちゃんや猫猫もついていくらしいが、俺はしばらく別邸にいたい。庭がいい感じで開墾できた。庭師には恨まれたが、水源が近いほうが作物は作りやすい。

秋麗《しゅうれい》、晴天

引っ越し先の本邸には立派な温室があった。中では胡瓜《きゅうり》が育てられていたが、すでに無残に引き抜かれたあとだった。

猫猫がうきうきで生薬の種を蒔《ま》いていて、温室の管理人らしき小父《おじ》さんが視線で射殺してやるとばかりに猫猫を睨《にら》んでいた。

事情を聞いていない俺でも何が起きたのか一瞬で理解できた。

紅葉《こうよう》、晴天

別邸の庭は全て畑にした。

本邸に手をかける。俺は猫猫みたいな真似をしない。ちゃんと雀さんに頼んで許可をもらった。玉《ギョク》の家の虎狼《フーラン》とかいう男にも確認したので問題ないだろう。

畑仕事は、医官のおいちゃんが暇なときに手伝ってくれるんだが、足を怪我《けが》していた。玉の家のぼんぼんに叩《たた》かれたらしい。

たしか玉隼《ギョクジュン》とかいう名前で、使用人たちに偉そうにしていた。まだ矯正《きょうせい》できるうちに間違いを直さないとどうかなるぞ。

そうだな、もしかしたら俺も祖父《じい》さんと母さんに影響されてああなっていたかもな。羅漢伯父さんが家督を奪わなければ、羅の家のぼんぼんとしてわがままに育っただろうな。

医官のおっちゃんの代わりに護衛の李白《リハク》さんも手伝ってくれる。急いで耕して貝灰を撒《ま》けば、小麦を蒔《ま》けるので精を出した。

庭師の小父《おじ》さんが俺をずっと見ているが、許可を取ったんだから大丈夫だろう。

秋冷《しゅうれい》、晴天

親父から芋植えたかっていう手紙が来る。うるせえ、植えてるよ。羅半は親父の本性を知らないけど、上手く手綱取れてんだろうかねえ。

祖父さんと母さんも大丈夫かなあ。あの人たち、偉そうにしている割に弱いところあるから。変に高い矜持《プライド》持つと、損するよな。祖父さんも、羅門大叔父さんみたいな優秀過ぎる弟がいなければもう少しまともだったんだろうけど。

手紙の返事を書いていると、玉隼が小紅《シャオホン》という年下の従姉妹《いとこ》を虐《いじ》めているのを見かけた。俺が近づくと慌ててどっかへ行く。ふん、なら最初から何もしなければいいのに。

こら、山羊《やぎ》。貴重な紙だ。医官のおっちゃんから貰《もら》った高級紙だぞ。食うんじゃねえ。

晩秋《ばんしゅう》、晴天
今日は本邸の畑の世話をした。区画ごとに違う小麦の種もみを植えた。例の丈の低い小麦と普通の小麦、同じ環境でどれだけ収量が違うのか確認したいところだ。その結果は、半年以上あとにな……って、俺、一体いつまで西都にいる気でいるんだ？　いつ帰れるんだ？
李白さんと虎狼が手伝ってくれたので、すぐに終わった。虎狼、いい家の坊ちゃんなのに丁稚《でっち》みたいにいろんな仕事をやってくれて助かるわ。ああいう弟を持った兄ちゃんは幸せだろうな。
とりあえず一休みも兼ねて医務室へと向かう。医官のおっちゃんがお茶を用意してくれるからだ。最近は、羅漢伯父さんも茶会に交ざることが多い。猫猫に会いに来たのだろうが、猫猫は気配を察知していなくなる。羅門大叔父に雰囲気が似ているためか、おっちゃんは羅漢伯父さんの扱いがやたら上手い。誰にでも何かしら取り柄ってあるんだなってつくづく思う。

羅漢伯父さんはいなかったが、代わりに子どもが一人いた。まだ元服前の十二、三くらいの男子だ。目端が利くので小間使いとして重宝している子だ。

何度かすれ違っているが名前を聞いたことがない。俺に自己紹介をしたいと言ってきた。うん、よくわかっている子だ。でもな……、そうかおまえも『漢《カン》 俊杰《ジュンジェ》』というのか。そうかどこにでもある名前、うん、俺もほんと、よく聞く名前だよ。へえ、長男ねえ。しかも、字《あざな》は『伯雲《ハクウン》』か。そうだな、長男といえばそういう字だよな。偶然、俺も長男なんだよ。

えっ？　同じ名前の人がいたら改名する？　なにそれ、どんな覚悟なわけ？　いや、そんなことしなくていいから。決心した顔をしないでくれ。名前がかぶったくらいでいじめたりしないから。いや、待て、おいおい……。

とりあえず、俺は『羅半兄』と名乗ることになった。

落葉《らくよう》、晴天

本邸がなんか騒がしかった。でも、忙しいので大豆の収穫を優先した。

霜秋《そうしゅう》、晴天

猫猫に会いに羅漢伯父さんが頻繁《ひんぱん》にやってきてうるさい。医官のおっちゃんはよく相手してられるなあと思う。

猫猫は港町に買い出しに行ってしばらく帰ってこないと雀さんが言っていた。数日ならわかるが、もう十日は帰っていないのでは。

雀さんも見かけない。あと本邸の雰囲気がなんだか悪い。

何かあったんだろうな、と俺は思った。でも、俺が口を出したところで何になるっていう。それだけの権力や能力があればいいが、そういう面の才能はない。下手に首を突っ込んでもろくなことはないだろう。

それよりも収穫した大豆をそのまま食うか、加工するか、もやしにするか、使い道を考えたほうが有意義だ。

初冬《しょとう》、曇天

羅漢伯父さんがおかしくなった。いや、元々おかしかったが、変な行動に出た。月の君を見つけたかと思ったら、なんで虎狼を責めているんだ？　いや、いきなり書類燃やして何がやりたいの、伯父さん!?

怖い、祖父《じい》さんや親父とは別の意味で怖い。

ってか虎狼、おまえもおまえで顔色変えないのが怖い。って、えっ!? どうして、燃やした書類の上に正座して頭を下げているんだよ。

……こわっ、こわっ！ 火傷《やけど》、火傷するぞ！

師走《しわす》、晴天

羅漢伯父さんが虎狼を責めた理由は、どうやら猫猫を陥《おとし》れたかららしい。そりゃ怒るわ。あの人は、逆鱗《げきりん》にさえ触れなければまあまあ迷惑なだけのおっさんなのに。あと、かなりうざいかな。

虎狼もおかしい。行動原理が俺の理解の範囲を超えている。月の君を西都の長《おさ》にするために、自分の兄が邪魔だから消そうとしたとか、にこにこ笑いながらそんな怖いこと考えていたのか、あの野郎。雑用も手伝ってくれるいい奴だと思っていたのに。前言撤回、あんな弟いらねえ。羅半よりいらねえ。

寒冷《かんれい》、晴天

猫猫たちは帰ってきた。だが、雀さんがぼろぼろになっていた。

何があったんだよ、畜生。右腕はもう使えないらしい。ひでえ話だ。

歳末《さいまつ》、晴天

雀さん、怪我人《けがにん》ということで医務室に入り浸っている。怪我がひどいのはわかるが、それを笠に着てごろごろだらだらしていた。医官のおっちゃんはかわいそうだと甲斐甲斐《かいがい》しく世話をしている。

西都の長がようやく決まるらしい。

月の君ではなく、鴟梟《シキョウ》とかいう玉鶯さまの長男だそうだ。ついでに言うと、悪餓鬼《わるがき》の玉隼の父親であり、虎狼の兄である。

大丈夫かね、この人で。

新春《しんしゅん》、晴天

小紅を見かけた。また、玉隼にいじめられているのかと思って近づいたが、小紅は予想を裏切る行動に出た。

玉隼を引《ひ》っ叩《ぱた》き、罵《ののし》り、唾《つば》を吐きかけるようにしてどっか行った。反撃もできず泣くことしかできない玉隼を見て、完全に立場が入れ替わったことがわかった。

俺の他にその光景を見た者がもう一人。猫猫だ。

ぜってー、こいつの影響だ！

初春《しょしゅん》、晴天
今年はちゃんと立派な小麦を作ってもらうぞ！　ということで、農村に向かった。麦踏みをしっかりして、分蘖《ぶんげつ》を促してもらわねば。去年のような雑な作り方は許さねえからな。
本邸でも新年だからかなんだか忙しそうだった。いろいろあるもんなあ、政治関係は。
俺には関係ないんで、農作業を優先する。

寒中《かんちゅう》、曇天
西都の屋敷に戻ると誰もいなかった。
ちょっと、どういうことだよ！　誰か、誰かいねえか！
月の君！　猫猫！　雀さん！　医官のおっちゃん！　李白さん！　羅漢伯父さん！
一体、どういうことだよ!!
俺を置いていくなー！

○●○

分厚くまとめられた帳面は誰かの日記であった。中央の人間が西都から帰る際に忘れていったものらしい。船を待つ間、泊まっていたという宿場町の宿で見つかった。

帳面には数多くの人間の名前が記されていたが、記した本人の名前らしき記述は一切なかった。誰に返せばいいのかとんとわからない。ただ、そこに書かれている農法や、作物の育成記録を見る限り、農業の玄人《プロ》だとわかった。

また、日記の中身が真実であれば、かなりの高官であると察することができる。皇族に直接声をかけられるとなれば官位が必要だ。

しかし、宿屋の主人が日記を届けたところ、高官の中に農業の専門家はいないという。それらしき人はいたらしいが、とうに中央へ帰った人物であり、宿場町に日記を忘れるはずがないという。

困った宿屋の主人は、虚《うつ》ろな目で麦踏みをする庭師たちに日記を預けた。不思議なことに戌西州で一番素晴らしいと言われる西の長《おさ》の庭は、麦畑になっていた。

後日、日記は農業書として編集されるが、作者不明のままとなる。

中央の連中に散々庭をいじられた庭師たちがささやかな復讐《ふくしゅう》として日記を回し読みしたのだが、偶然どこぞの学者が目を留めてしまった。その結果である。

九話　燕燕《エンエン》の休日

医官の休日は基本、十日に一度。繁忙期かそうでないかによって前後することがある。燕燕《エンエン》たち医官手伝いも基本同じだ。

しかし、この休日の取り方については問題がある。燕燕にとって由々しき問題だ。

何かといえば――。

「なんで、お嬢さまだけが出勤なのですか」

「それは当番制だから」

燕燕の質問に、猫猫《マオマオ》は呆《あき》れた顔で答える。

「私なら喜んで出勤するのに」

「楊《ヨウ》医官に止められたのならあきらめてください」

「猫猫は誰の味方ですか？」

「燕燕は姚《ヤオ》さんに対するところだけは他と熱が違うから。というか、なんで私は休日なのに燕燕に呼ばれているんでしょうか？　愚痴を聞かせるためですか？」

猫猫は怪訝《けげん》な顔をしている。今、燕燕と猫猫がいる場所は羅漢《ラカン》邸の離れだ。姚と燕燕が借りている部屋である。

猫猫と休日がかぶったため、こうして部屋に呼び出した。というより、燕燕が早朝より猫猫を宿舎から連れ出した。

「あんまりこの家にはいたくないんですけど。あと、午後から用事があるんでそれまでに帰りますよ」

猫猫は居心地が悪そうだ。猫猫は羅漢の婚外子だが、本人は認めたくないらしい。たびたび手紙が来て呼び出されているようだが、無視してよく竈《かまど》の焚《た》き付けにしている。

「ご安心を。羅漢さまの今日の日程には昼過ぎに外せない会議が入っております。副官の方たちが頑張って会議に連れていくので、お戻りは夕刻になるでしょう」

「なんで燕燕が変人の日程を知っているんですか？」

「この家の使用人の方々とはそれなりに良好な関係を築いておりますから」

でなければ、燕燕たちは早々に屋敷から追い出されているだろう。

猫猫は面倒くさそうに茶請けの煎餅《せんべい》をかじっている。燕燕は、猫猫が甘いものよりしょっぱいものが好きで、さくっとした食感を好むことを知っている。茶も高級茶葉より、雑味の多い庶民的なものが好きだ。

燕燕は、猫猫が人よりも小食だが味にはこだわる性格だと知っている。

「それで、私を呼んだのはどういう理由があってのことですか？」

椅子にふんぞり返り、足を組む猫猫。姚の前でやるなら注意するところだが、今日はいないので好きな体勢でいてもらう。無理を言って来てもらったのだから仕方ない。

「勘の良い猫猫ならなんとなく想像がつくと思うんですけど」

「姚さんがいないところを狙ったということは、姚さんがらみで、なおかつ、宿舎を引き払って変人宅に住むというのも関連していますね」

「よくわかっていらっしゃる」

燕燕は茶を一口飲む。値段の割に風味が良い茶葉で、軽く焙《ほう》じているので香ばしい。

「お嬢様を羅半《ラハン》さまの魔の手から救ってください！」

「……」

猫猫は半眼になり、ぽかんと間抜けに口を開けていた。

「なんです、その顔？」

「なんでもありませんよ……」

いや、何かある表情だが問い詰めても仕方ない。大人にはわかりきったことは追及しないという処世術がある。

「ともかく、お嬢さまはまだお若い。何かしら羅半さまにたぶらかされているに違いありません」

「ああ……。うん」

「なんで遠い目をしているんです？」

「そんなことないですよ」

猫猫は棒読みだ。何の心情もこもっていない。

「ならいいんですけど」

猫猫はあまり興味がないかもしれないが、羅半の義妹として責任を取っていただきたい。

燕燕は後悔していた。羅半は年上の未亡人しか好まないと思っていた。見た目はくせ毛で狐目《きつねめ》、見るに堪《た》えないほど不細工ではないが美形とはいいがたい。何より姚よりも身長が低いというのに。

「本当のことだけどひどい言い方」

どうやら燕燕の心の声が漏れて、猫猫まで届いていたようだ。

「どうしてお嬢さまはあんな男のことを！」

「……つまり姚さんの要望でなんやかや理由をつけてこの屋敷にとどまっている。燕燕としてはさっさと出て行って羅半とは距離を置きたいけど、肝心の姚さんには逆らえない。だから、私にどうにかしろと」

「その通りです！」

猫猫は面倒くさそうな顔をした。というより、面倒くさくない顔のほうが珍しい。

「お嬢さまはまだお若い。何か気の迷いがあるようです」

「でなければ、あんなちびで、くせ毛で、狐目の男など」

「また言ってる」

燕燕はぎゅっと拳を握る。猫猫は何やら考えているようだ。

「なんですか、何か言いたいことでも？」

「いえ、気の迷いなら仕方ありませんが、姚さんは見た目にはこだわらない人ということがわかりました」

「ええ、お嬢さまですもの！　人を外面で判断するような浅はかな真似はしません！」

「……」

猫猫は湿った視線を燕燕に向ける。

「なんですか、そのじとっとした目は？」

「いえ、なんでもありません。となると、姚さんは羅半の内面を見て気の迷いが生じていることになりますけど」

「そ、そんなことは」

ありうるわけがない、と燕燕は思いたい。

猫猫は呆《あき》れつつ、

「羅半の内面は正直くずですし、どこがいいのか私にはわかりませんけどね」

「ええ、そうですよね！　私も猫猫と同意見です。未婚の女性だからこの屋敷に住むのはよくないと、冷たく追い出そうとしているひどいかたなんですよ」

「この屋敷に住み続けたくないんですよねぇ？　出て行きたいんですよねぇ？　今はその相談をしているんですよねぇ？」

猫猫は語尾を妙に伸ばして言った。妙にいらいらさせる口調だ。

「猫猫。なんですか、その視線は？」

「いえ、燕燕はお嬢さまに関しては、あらゆる矛盾さえ気にしなくなるなあと思っただけです」

「お嬢さまを中心に世界はあるのだから仕方ありません。空の星が、七つ星を中心に回るように、世の人々は、お嬢さまを中心に回るのです」

燕燕は両手を天に掲げて語る。

「燕燕、不敬罪に処されるので、宮廷ではその発言は控えてくださいね」

猫猫のほうがよっぽど不敬な態度をとっているだろうと、燕燕は思う。

「それにしても羅半の中身なんてねえ。相手を値踏みする性格はどうかと思いますけど」

猫猫は煎餅《せんべい》をぱりぱり食べている。燕燕は大人なので、「猫猫も同じじゃないですか？」という台詞《せりふ》が喉より先に飛び出ることはなかった。

「姚さんはあいつのどこが気になるんですかねえ」

「私が聞きたいですよ。猫猫はどこか思い当たる節はありますか？」

「……あくまで私の想像ですけど。羅半は一般的な基準がわかりつつ、自分の基準も明確に持っているところ。そこが典型的な女性の幸福を嫌う姚さんにとって新しかったのかもしれないですね」

「独自の基準ですか。性差ではなく純粋に実力を見るところはわかります。まあ、『羅《ラ》の一族』はそんな人ばかりですね。猫猫といい、羅漢さまといい」

「私は違いますし、あの変人の名前出さないでくれます？」

猫猫はひねくれた顔を全面に見せる。

「名前くらいいいと思いますけど」

「なんか名前を出したら後ろから来そうじゃないですか？」

「それはわかります」

興味がありそうな話をしていると、のそっと後ろから現れる。燕燕も何度か遭遇した。

「実力主義で見てくれる。お偉いさんの関係者だとか、年功序列とか男女差は考えに入れないから……。ある意味、姚さんの理想に近いのかもしれないですね」

「り、理想⁉　そ、そんなことありません！」

燕燕は身振り手振りを加えて否定する。

「お嬢さまにはもっとふさわしい殿方がいらっしゃって、それがよりによって羅半さまということは――」

「そっちの理想とは言っていないんですけど。一応、燕燕にも姚さんを嫁に出す気はあるんですね」

「婿《むこ》を取ってもらいます。私の眼鏡にかなうのなら」

「一生、無理じゃないですか」

呆《あき》れた顔で猫猫がわざとらしくため息をつく。

「そんなことはありません！」

猫猫に理想の姚の婿像を説明しようとしたら、戸を叩《たた》く音がした。

「誰でしょうか？」

猫猫は柱の陰に隠れる。もしかして、羅漢が来たのではないかと警戒しているようだ。

「すみません、失礼します」

羅漢の声ではない、まだ声変わり前の幼い少年の声である。

入ってきたのは四番《スウファン》だった。羅漢邸で働く子どもで、とても目端《めはし》が利《き》く。羅半が家賃を受け取らないので、四番に金を渡している。彼は、猫ばばをするのが愚かなことだとわかっているので、横領することはない。そんなことをしようものなら羅漢に見つかり、追い出されるだろう。

「なんでしょうか？　お客さまが来ているんですけど」

「それもわかっております。ただ、姚さまがいない今がちょうどいいかと思って話しかけました」

「お嬢さまがいない今がちょうどいい？　どういうことですか？」

「三番《サンファン》が燕燕さまに会いたがっております」

「……わかりました」

燕燕はごくんと唾液を飲み込んだ。

「用事ができたようですね」

猫猫はもう一枚煎餅《せんべい》を手にして、ちょうどいいと帰ろうとしていた。燕燕は手首をぎゅっと握る。

「猫猫も行きましょう？」

「いえ、私は邪魔でしょう？」

「三番は問題ないと言っていました。むしろ何度も手紙でお呼びしていると言ってます」

四番が言った。猫猫は目をそらしている。

「燕燕と猫猫、二人とも伺いますと伝えてください」

燕燕はにっこり笑い、猫猫は面倒くさそうに歯茎《はぐき》を見せた。

十話　燕燕《エンエン》と恋話

案内された三番《サンファン》の部屋は、使用人用にしては十分な広さだった。

燕燕《エンエン》が知る限りでは、羅漢《ラカン》邸には普通の使用人とそうでない使用人がいる。

普通の使用人は主に羅半《ラハン》が連れてきた人間。

そうでない使用人は、羅漢本人がどこからともなく拾ってきた人間だ。

軍師羅漢と呼ばれる男は、見た目も身体能力も平々凡々、むしろ下回っていると言っていい。中肉中背、狐目《きつねめ》で、にやにや笑ういやらしい口。特徴といえば、異国の片眼鏡《モノクル》をかけているくらいだろうか。一応武官だというが、腕っぷしはからっきし。体力もなく、下戸《げこ》で乗り物にも弱い。昔戌西州《いせいしゅう》にいたとかで、馬だけは人並みに乗れるという。

正直、血筋だけで要職についていたでくの坊。それが十数年前までの羅漢の評価だった。

何がきっかけか、羅漢は実父から家督を奪い、『羅《ラ》の一族』の当主となる。それからの評価は一変した。

羅漢は、本人単体ではどうしようもなく愚図であるが、誰か他人を使うことだけは誰よりも秀でている。人事管理においては右に出る者はいない。

相手の特性、特技を瞬時で見分け、なぜか他人の嘘《うそ》を見抜くことができる。上司に恵まれない優秀な人材を引き抜いて恩を売り、敵対する陣営を内部から壊していく。羅漢に敵対した者は、良くて左遷、悪くて処刑。

現在、宮中で羅漢に敵対しようと思う者はいない。

そんな男が連れてきた使用人が普通であるわけなかった。

三番もまた羅漢が選んだ使用人の一人だ。

身長は男にしては低く、女にしては高い。背丈は姚《ヤオ》とほぼ同じ。性別は女だが、大抵男物の服を着ている。五年ほど前に羅漢の元にやってきた使用人だ。

「猫猫《マオマオ》さま、燕燕さん。お呼び立てして申し訳ありません」

三番は、端正な顔立ちにうっすら笑みを浮かべる。

「何のご用でしょうか？」

猫猫がとても面倒くさそうに聞いた。

「お客様をおもてなししようと――」

「そういう建前はいらないので、本題に移っていただけませんか？」

燕燕は単刀直入に言った。猫猫も同じことを言おうとしたのかうんうん頷《うなず》いている。ちゃっかり茶と茶菓子の煎餅《せんべい》をいただいている。三番もまた、猫猫の好みを把握済みらしい。

「そうですね。はっきり申し上げます」

三番は燕燕を見る。

「そちらの姚さんについてです」

「姚さん？　ずいぶん馴れ馴れしい言い方ですね」

燕燕としては、姚のことを三番からそのような呼び方をされる筋合いはない。

「魯侍郎《ルーじろう》の姪御《めいご》さんだから、『お嬢さま』と呼べばいいですか？　私の調べによりますと、姚さんは叔父の威光を嫌っている人だと存じます。個人で見ればただの宮廷官女《かんじょ》でしょう？　敬称を付けるほど高貴なのでしょうか？」

三番はうっすら笑みを浮かべている。ただし目は笑っていない。どう考えても喧嘩腰《けんかごし》だ。

燕燕が三番のことを調べているように、三番もまた燕燕や姚のことを調べている。猫猫の調べもついているようで、茶菓子は彼女好みのさっくりとした歯ごたえの塩煎餅《しおせんべい》が置いてある。また猫猫はぱりぱり食べている。

「喧嘩を売っているのですか？」

「いえ、滅相もありません。私はお互いの利益になるように、燕燕さんとお話をしたいと思って、お呼びいたしました」

「お互いの利益ですか？」

「私、関係なくないですか？　帰っていいですか？」

猫猫が何かと理由をつけて帰ろうとするので、燕燕は猫猫の手首を掴《つか》んでいる。

「三番さん。お互いの利益とは、どんな利益でしょうか？」

「はい。この屋敷に姚さんと燕燕さんがこれ以上滞在しても、誰も得はしないかと思います。ぜひ、新しい住居をお勧めしたいとちょうどいい物件を探し出してきました。話によれば、宿舎はとうに引き払ったそうですよね」

三番は、間取りが描かれた紙をさっと差し出してくる。今、燕燕たちが使っている部屋よりも広め、厨房《ちゅうぼう》も竈《かまど》の数が多くて井戸が近い。

「市場も近く治安も良い所です。仕事場も近くお家賃はなんとこれだけ！」

差し出された指の数は確かに破格だった。燕燕に代わり、猫猫が目を輝かせ、手をわきわきさせている。

「この広さがあれば、薬草、加工……」

宿舎は薬草を加工するのには向いていない。

「確かに良い物件ですね」

「そうでしょう？　では、早速お引っ越しをいたしませんか？」

「はい、と二つ返事をしたいところですが、一応確認を。私たちがこの屋敷にいて何がいけないのでしょうか？」

「疑り深い性格ですねえ。私は、殿方の家にずっと良家のお嬢さまが居候《いそうろう》するのは、体裁が悪いと言いたいだけです」

「それはそうですね。普通に考えると、姚さまのことを考えた提案に思えますけど」

燕燕は三番をじっと見る。

「燕燕」

猫猫が小声で言い、眉を歪《ゆが》めて小突いてきた。

「どうしたんです？　猫猫」

燕燕は同じように小声で返す。

「さっさと提案に乗ったらどうです？　いい物件ですよ。一応、詐欺じゃないと思いますし、どこが気に食わないんですか？」

「どこがというと、なんか三番さんはお嬢さまを下に見ている感じがしません？」

三番は姚に対していい感情を持っていない。それが態度に出ている、だから気に食わなかった。

「気のせいでしょう？」

猫猫は早く帰りたいがために、燕燕を丸め込もうとしている。

「いえ、気のせいではありません」

燕燕はきりっとした顔で三番を見る。

「三番さんの話はもっともですが、それは姚さまのことを考えてのことでしょうか？」

「いえ、羅半さまを考えてのことです」

三番は満面の笑みで答えた。

「羅半さまって」

姚のためではないことはわかるが、はっきり言われるとどう返事をすればいいのだろうか。

燕燕は思った。

確かに三番の提案は燕燕にとって悪くない話だ。しかし、そこに姚への敬意が含まれていない。それはどういうことだろうか。

「正直、年頃の娘がいかに叔父が結婚を勧めるのがうるさいからといって、殿方の家に転がりこむのはどういうことでしょうか。何より、うるさい叔父君は現在遠い西の地にいて、いつ帰ってくるかわからない。なのに居座り続ける神経が私にはわかりません」

燕燕が三番の発言に悶々《もんもん》としていると、猫猫がまた肘で小突いてきた。

「燕燕、もしかして提案自体は賛成だけどこの三番さんが気に食わないから、素直に承諾したくないって思ってません？」

「……いえそんなことはありませんよ」

猫猫は他人の心の機微に敏感な時がある。もっと違うところで発揮すればいいのに、肝心なところでしない。

「今、燕燕の顔がものすごく歪んでひくついてますけど」

猫猫が燕燕を半眼で見る。

「気のせいでしょう。なんとも思っていないんですから」

「じゃあさっさと了承してくださいよ。そうすれば私にした相談は解決するでしょう」

そうなのだが、なんか違う。

「んー、そこのところはお嬢さまと相談しないとー」

勝手に屋敷を出たとなったら、姚がどう反応するかわからない。三日ぐらい口をきいてもらえないかもしれない。

「なんだかんだで燕燕は姚さんに勝てませんよね」

猫猫が呆《あき》れた目を向けた。

「ここそ相談はもういいですか?」

三番が聞いてきた。

「お嬢さまと相談してからでないと引っ越しについてはなんとも言えません」

「そうですか? 燕燕さんが四番《スウファン》たちに話していた理想の物件を探してみたつもりですけど」

三番が首を傾げてみせる。

燕燕はなんだか向こうの調子に合わせてばかりで腹立たしくなってきた。

「では、逆に聞きますが、なぜ三番さんは私たち、とくに姚お嬢さまを追い出そうと躍起になるんでしょうか? 詳しくお聞かせ願いたいところです」

燕燕としては、少しくらい三番にも挙動不審になってもらいたいという些細《ささい》な気持ちだった。しかし、三番は表情を変えぬままはっきり言う。

「私は羅半さまを愛しております。彼のためにはなんでもするつもりです。そこに、まだ青臭い小娘が何を勘違いしたか押しかけ女房のごとくやってきたら、邪魔と思わずして何と言いましょうか？」

「誰が青臭い小娘と――」

燕燕が身を乗り出そうとしたときだった。

「ぶはっ！」

噴き出して、雫《しずく》をきらきらとまき散らしたのは猫猫だ。大変汚く、燕燕は思わず半歩下がってしまった。

「失礼しました」

「いえ……」

三番の顔には噴き出した茶と煎餅《せんべい》の欠片《かけら》がくっついていた。

「三番さん、正気ですか？」

「正気とは一体？」

猫猫の問いに疑問で返す三番。手ぬぐいで顔を拭いている。

「あのもじゃ眼鏡についてですよ。いつも金儲《かねもう》けのことばかり考え、女性関係はあと腐れがないこと第一、未亡人なんかがちょうどいいとかくず発言をするような奴ですよ。綺麗《きれい》な数字とかいうものであれば、男相手でも子作りできないかと考える破綻した普通面《フツメン》小男ですよ？　なお、結婚すれば義父である変人軍師がもれなくついて来る」

猫猫の羅半に対する評価は間違いではないが、普通にひどい。

「知っております。さらに、目的のための切り捨ては徹底的で、自分に合わない相手を自分の手を汚さずに窮地に追いやり、証拠は残さない人ですね。運動神経は壊滅的で馬も乗れないし、弓も引けない、頭でっかちという言葉がふさわしい人かと」

「どう見てもろくでもない男じゃないですか？」

猫猫は信じられないと手を挙げている。猫猫の反応が大きいので、燕燕は姚を小娘呼ばわりされたことへの怒りがほんの少し薄れてしまった。

そして、三番はかすかに頬を赤らめていた。

「羅半さまは、見た目はさほど優れているわけではありませんが、それでも私にとっては自分らしく生きる機会をくれた人なんです。美しいもののためなら、考えを曲げたりしませんし」

恋する乙女の顔をしているところ悪いが、燕燕はやはり羅半のことをよく思えない。

猫猫に至っては吐き気を催しつつ、三番を真剣な目で見る。

「どんなに三番さんが羅半を思おうと奴はくずです。もう十分遊んだからそろそろ身を固めようとか思ったら、ほいっと若い良家の娘を嫁にして、今までの火遊びをなかったことにするでしょう。そして、いい家庭を作る真似をすると思います。ろくでもない野郎ですよ。何より今のあなたの立場では、この家の奥方になるのは難しいと思います。舅《しゅうと》があれですよ、あれ。いいんですか、変人甘党小父《おじ》さんがもれなくついて来るんですよ？」

猫猫は辛辣《しんらつ》なことを言うが、本当にその通りと言えばその通りだ。

「それは重々承知しております。だから、私は三番でありますが羅半さまの二番目でも問題ありません。ですが、この屋敷の将来の奥方には、私が支えたいと思う人物になってもらいたいのです」

『……』

燕燕は思わず猫猫と顔を見合わせた。

三番は思った以上の狂信者だった。羅半はこんな危ない思想の女を近くに置いて、その本心に気付いているのだろうか。

「いや、やめときましょ！　羅半よりずっといい殿方は世の中にごまんといます！」

「猫猫さま。羅半さまのような思考ができる殿方はそうは見つかりませんよ？」

「三番さん、あなたは姚お嬢さまには敵《かな》わなくとも器量はかなりいいほうです。今は視野が狭まっているだけですよ。冷静になってください」

「女性を器量で選ぶような心の狭い殿方など最初から眼中にありませんよ」

「いや、あいつ絶対見た目で、数字がどうとかで美人大好きだから！　ちゃんと現実を見ましょう！」

猫猫が三番の肩を揺さぶる。

燕燕としても猫猫の気持ちの半分くらいはわかる。なぜ、あのような眼鏡男がもてるのか、理解できなかった。世の中、もてるとは思えないような殿方がもてることがある。羅半もまた、そういう星の下《もと》に生まれてきたのだろうか。

いけない、こんな危ない男のいる屋敷から早く逃げ出したい。気に食わないが三番おすすめの物件に早く引っ越すべきか考えてしまう。

もし、万が一、億に一つであろうと、あり得ぬことが起きていたらどうしようか。

姚が羅半に恋をしていたとすれば――。

「あー、だめだめだめだめ！」

「燕燕、性格《キャラ》変わってますよ」

猫猫が燕燕につっこんだ。でも燕燕は、丁寧に返答している余裕はなかった。あってはならないことへの不安が、燕燕の中でどんどん大きくなっていた。そして、この問題はしばらく解決しそうにない。

ただ悩みだけが大きくなって、燕燕の休日は終わってしまった。

十一話　女華《ジョカ》という花

積み重ねられた書の前で、女華《ジョカ》は詠《うた》うように経典《きょうてん》の中身を音読する。音読といっても書は開かない。どの書の何頁《ページ》かを言えば、女華は空《そら》で読める。四書五経《ししょごきょう》は全て暗記しているからだ。

「いつ聞いても素晴らしいな」

拍手をするのは今宵《こよい》の客だ。女華の常連で老齢の男、職業は学者だ。女華は『老師《せんせい》』と呼んでいる。

娼館《しょうかん》に入り浸れるほど学問とは儲《もう》かるのか。いや、儲からない。それどころか、老師は書という書をかき集めて散財してしまう。孫やひ孫がいてもおかしくない年齢なのに妻帯すらしていないのは、そのせいだ。

ではなぜ金に縁がない男が『緑青館《ろくしょうかん》』の三姫《さんき》の常連になれるのだろうか。それは、男の後ろに座る少年が関係している。

まだ髭《ひげ》も生えそろっていない。元服して数年、弱冠《はたち》にも満たないだろう。

「ちゃんと聞いておくんだよ。女華に認められたら、科挙《かきょ》だって受かるんだからね」

その常連は学者であり教師でもあった。教え子は何人も科挙《かきょ》に合格している。妓女《ぎじょ》でありながら四書五経《ししょごきょう》を完全に暗記している女華は、科挙の受験者に人気がある。受験時期ともなれば、緑青館には科挙受験者が列をなす。女華に認められたら科挙に合格するとまで噂《うわさ》され、縁起がいいらしい。

科挙に受かれば三代は安泰と言われる中で、親たちは子どもの教育費にいくらでも出す。たとえ噂やただの験担《げんかつ》ぎでも、銭を惜しまない。

こうして息子の将来に投資する保護者の金で酒を飲みに来るのがこの爺《じい》さんだ。緑青館は一見《いちげん》お断り。やってくる受験者は、緑青館の常連に頼み込んで女華に会わせてもらう。

女華は妓女だが安物の妓女とは違う。身を売るのではなく、芸を売る。ただ身を売るだけの妓女は消耗品だ。病と堕胎《だたい》を繰り返し、身体が弱る。弱れば客も取れず、飯も食えずに死んでしまう。

女華を産んだ女は芸のない妓女だった。ただ美しい顔だけを誇りにし、若さがいつまでもあるものだと過信した。結果、くだらない男に騙《だま》されて子を孕《はら》み、呪詛《じゅそ》を吐きながら死んでいった。

花街《はなまち》にはそんな莫迦《ばか》な女がいくらでもいる。女華の大姐《ねえさん》であり猫猫《マオマオ》を産んだ女も同じだった。

女華は踊りの才能も、盤遊戯《ばんゆうぎ》の才能もない。ただただ、誰もが嫌がる分厚い書を読んだ。目を血走らせながら暗記することしかできない。愛想もなく男も嫌い、そんな女華には一芸を磨くことしかできなかった。

「すごいですね。僕はまだ半分も覚えていないのに」

半分だと。そんな血色の良い顔をして、なんで覚えていないのか。今へらへら笑うなら、目の前の書を開け。雪明かりや蛍《ほたる》の代わりに行灯《あんどん》の光があるだろう。いくらでも書物を読めるだろう。

「初めての試験は練習のつもりで、その次に合格するつもりでいます」

二回目で合格を狙うとか、馬鹿にしている。一回で合格する気概がなければ二回も三回も変わらない。

女華は、聞かれたことにだけ返事をした。まだ、女慣れしていない受験者は頬を染めながら、女華を食い入るように見る。それでもひたすら女華が丁寧に相槌《あいづち》を打つと、だんだん舌の回りが良くなってきた。酒に自分に、酔ったのだ。

そのせいか延々と自慢話を始めた。神童と言われて育っただの、初回では無理だが二回目は必ず受かってみせるだの、女華に主張してくる。

いい所を見せようとするのはいいが、女華は自称神童をごまんと見てきた。

老師《せんせい》は老師で、酒を美味しそうに飲んでいる。ただ酒はどんな酒よりも美味かろう。

「お客様、お時間です」

禿《かむろ》が時間を告げる。時間を計る線香が燃え尽きたのだろう。

「ああ、話が弾んできたところだったのに」

「はいはい。外に馬車を用意しているから、こけないように帰りなさい。ほれ、酒で足元がふらついているよ」

老師《せんせい》は先に教え子を帰らせた。教え子は名残惜しそうに、部屋を出て行く。

「どうだい、あの子は？」

老師が女華に聞いた。

「全然駄目ですね。あんなに肝が小さそうな割にお調子者なのが、洞穴の中で数日間ひたすら書を書けるわけありません」

「相変わらず辛辣《しんらつ》だなあ。そんな教え子を少しはまともにする立場にもなっておくれよ」

老師はやたら長い眉毛を下げる。

「じゃあよく効く胃薬でも買ってやってください。緊張して、試験中に厠《かわや》に行こうとして不正を疑われた挙げ句、鞭《む》打《ち》ちにされないように」

科挙《かきょ》はそれこそ官僚への登竜門なので、手段を選ばず受かろうとする者も多い。結果、不正に対する罰則も厳しく、悪質な場合処刑されることもある。

「ふうむ。もっともな意見だね」

老師は納得して髭《ひげ》を撫《な》でる。

「あの様子だと、二十年は勉強しないと無理でしょうね」

科挙に合格する平均年齢は三十代半ばと言われている。本当に一回、二回で受かるような試験ではないのだ。

「じゃあ、とりあえず胃薬でも買って帰ろうかねえ」

緑青館には薬屋がある。以前、羅門《ルオメン》と猫猫がやっていた薬屋だが、今はその弟子の左膳《サゼン》とかいう男が切り盛りしており、胃薬の類もあるだろう。

「それじゃあ、また来るよ」

「お待ちしております」

本当は来なくてもいいと女華は思っている。ただ、見え見えの社交辞令であってもしないとやり手婆《ばばあ》に折檻《せっかん》を食らう。

客人が帰り、女華は寝台に大の字になる。女華の客がこの寝台に眠ることはない。女華は莫迦《ばか》な女ではない。

とはいえ、どんなに才女ぶっていても、妓女《ぎじょ》は妓女。女華も三十になる。だんだん客も減ってくる前に、将来を決めるしかない。

男嫌いの女華は身請けなどもってのほかだ。それなら、枯れ木のようなやり手婆になるほうがましだ。

「あー、だる」

寝台の上でごろごろしていると、禿《かむろ》がやってきた。

「女華大姐《ねえさん》」

「なんだい？　今日の客は終わりだろ？」

「それが、もう一人お客さんが来たんです」

「はあ？」

女華は面倒くさそうに身を起こし、着物を整える。

「一体、誰だい？」

今日は店じまいだよ、と言い切ってしまいたいが、廊下でやたらにこにこしているやり手婆《ばばあ》が見えた。羽振りのいい客人らしい。

「女華や。お客様だよ。お迎えしておくれ」

気持ち悪いくらいの猫なで声だ。どんだけ銭を積まれたのだろうか。

「やあ、女華」

やってきたのは半年に一度やってくる若手官僚だ。ひょろりとした風貌で芯がないので、柳《やなぎ》野郎と女華はこっそり呼んでいる。その後ろには、連れらしき男がいた。連れは柳野郎と対象的で、丸太のような体つきをしている。

柳野郎は実家が太いが、本人は出世欲があるほうではない。女華に雑に扱われることが好きな特殊趣味の顧客だ。やってくるたびに踏みつけてくれ、と言われるので困っている。

「お久しぶりです」

女華は形だけ丁寧なあいさつを柳野郎に向ける。心はこもっていないが所作だけは完璧なのでやり手婆も文句は言わない。やりたくない仕事を続けるために身に付けた技術だが、柳野郎には逆効果だった。

「ああ、いいね。君のその目は」

ねっとりとした視線を向けられ、女華は鳥肌が立ってしまう。無理やり関係を迫られることはないが、疲れる客であることは間違いない。

「どうしたのですか？　普段でしたら、文をくださってからいらっしゃいますのに」

女華は遠まわしに「面会約束《アポイント》とれや」と言った。

「今日は連れがどうしても来たいと言っていて。このかたが噂《うわさ》に聞く緑青館の女華だよ」

柳野郎は丸太野郎に女華を紹介する。

「ほう、緑青館の看板だけあって美しいな。特に艶《つや》やかな黒髪が見事だ」

丸太野郎は、聞き慣れた美辞麗句を述べる。看板というのはいつの話だろうか。緑青館の三姫《さんき》が全盛だったのは数年前の話で、女華もそろそろ引退を考えねばならない年齢だ。とはいえ、一見《いちげん》に声をかけてやるほど落ちぶれているわけでもない。

女華は一礼だけする。

「声も聞かせてくれないのか？」

「ははは、そう簡単に話をさせてもらえると思うなよ。私は五回目の訪問でようやく酒を注《つ》いでもらったんだぞ」

柳野郎《やなぎ》に至っては視線がぬめっと気持ち悪いので、来てほしくなかったから酌《しゃく》をしなかった。諦めて金づると割り切ったのが五回目の訪問だったにすぎない。

「今日はどういたしましょうか？　詩でも吟《ぎん》じますか？」

「そうだねえ。今日の主賓《しゅひん》はこいつなんだ。こいつは芳《ファン》、どうしても女華に会いたいと言うから連れてきたんだ」

柳野郎が丸太野郎を見る。

「申し訳ありませんが、初回のお客様ですよね」

丸太野郎、一見《いちげん》さんの相手をするつもりはない、と遠まわしに言う。

「そんなことを言わないでくれよ。今日の酒代は俺の持ちなんだ」

すねかじりの柳野郎にしては羽振りがいいと思ったが、そういうことかと女華は理解する。部屋の外から、やり手婆《ばばあ》がじっと睨《にら》んできた。貰《もら》う物は貰ったのでちゃんと接客しろと言いたいらしい。

どれだけ銭を積まれたのだろうか。

「科挙《かきょ》を受験するのですか？」

「いいや、俺が科挙の受験生に見えるかい？」

丸太野郎は文官というより、武官の体つきだ。科挙は科挙でも、武科挙ならまだわかる。

丸太野郎は椅子にふんぞり返るように座ると、手酌で飲み始めた。柳野郎は「おいおい」と呆《あき》れている。

「なあ、女華さんや。あんたは『華』の名の通り、皇族の血筋なのかい？」

なにが目的かといえば、そんなことかと女華は思った。

「どうでしょうか？　そんな尊き血筋であれば、夜の花をやっているわけがありませんよね？」

女華という名前は莫迦《ばか》な女への当てつけにつけた。『華』という字は皇族にしか使うことが許されない。妓女《ぎじょ》がそんな名前を付けるのは危険な行為であるが、同時に話題性もある。なにより、愛想がなく客に雑なふるまいをする女華にはよく合っていた。

「いや、可能性は全くないわけじゃなかろう。現に、宮中ではとある高官が妓女に産ませた娘を働かせていると話に聞く」

「ああ、そういやそんな噂《うわさ》を聞いていたな」

「……」

この丸太野郎は何が言いたいのだろうか。宮中で働く娘というのは十中八九、猫猫のことを言っている。猫猫のことを探りたいのだろうか。

人の口に戸は立てられぬ。柳《やなぎ》野郎の耳まで届いているということは、今さら口止めしても無駄だろう。

とはいえ、女華は妹分を売るつもりはない。しらばっくれる代わりに、話を逸《そ》らすことにした。

「母は、私の父は尊き人だと言っておりました」

女華は自分を産んだ女も、種をつけた男も親だとは思っていない。それでも『父母』と表現するのは、客人にはわかりやすいからだ。

女華は立ち上がり、机の前に移動する。鍵をかけた引き出しを開け、組木細工の箱を取り出す。

「これは？」

細工箱は以前客にもらったものだ。面白い仕掛けがあり、箱の一片をずらしていくことで、開けることができる。

その中から出てきたのは布包みだ。開くと半分に割れた翡翠《ひすい》の牌《はい》が出てくる。牌は古く、表面が削れて何が彫られているのかわからない。それでも、琅玕《ろうかん》という最高級の碧《へき》玉《ぎょく》でできているのがわかる。

「こんながらくたを母は宝として扱っていました」

別に捨ててもいいと女華は思っていた。だが、女華として名前を売るにはちょうどいい道具であり、こうして思わせぶりに見せると客人がどよめくのだ。

「この牌を持って、娘だと名乗り出ては？」

「とうに削れて何の牌かもわかりませぬ。何より半分に割れております。もしかしたら盗品やもしれません」

女華は卑下《ひげ》するように言った。

あくまで女華の出生《しゅっしょう》は、曖昧《あいまい》にしなければならない。噂《うわさ》になる程度に尊き血筋を演出するが、それを本気にされては困るのだ。不敬罪で訴えられようものなら、やり手婆《ばばあ》はさくっと女華を切ってしまうだろう。

実際のところ、女華は自分が皇族の血を引いているとは思っていない。女華の種らしき男については古参の妓女《ぎじょ》から話を聞いていた。見た目は良いが戯くさく、節くれだった手をしていたという。

数度の訪問の後は、緑青館にやってこなくなった。盗賊の類であると言ったほうが納得できる。緑青館は客の出入りに厳しいが、それも銭の積み方次第だ。

どこかで盗んだ玉牌を売ろうとしたが足がつく。翡翠自体は上等なので、牌を割って表面を削って売ろうとしたが怪《あや》しまれて買い手がつかなかった。だから、莫迦《ばか》な妓女を口先三寸で誑《たら》し込むついでに盗品を渡したのだろう。

盗《ぬす》っ人《と》の娘だとがっかりする客もいれば、いや本当にやんごとなき血筋かもしれないと思う客もいる。

さて、この客はどう思うだろうか。

「別に誰が親だろうと私はかまいやしない。女華は女華だからね」

柳野郎《やなぎ》が熱っぽい目で見ているがどうでもいい。

用はすんだかと、女華は割れた玉牌《ぎょくはい》を細工箱に入れる。

「ご期待に沿えず申し訳ありません」

「いえ、それよりもその牌を売っていただけないだろうか？」

芳という男は妙なことを言い出した。

「見ての通りの割れて削れた牌ですよ？　なんの価値もありません」

「それでもいい、なかなか浪漫《ロマン》あふれる面白い品じゃないか」

別に女華としては割れた牌などに思い入れはない。だが、ここで簡単に売るとなれば話が違う。皇族かもしれないという神秘性を失うことになる。

「申し訳ありませんが、お売りできません。周りから見ればただのがらくたかもしれません。ですが、私にとっては母の形見ですので」

女華はそっと顔を伏せつつ、禿《かむろ》に目配せをする。禿は女華の意図を察知してやり手婆《ばばあ》を呼びに行く。

「母の形見をお金に代えることはできません」

やるとすれば、妓女《ぎじょ》をやめるときだ。

「こら、芳。女華を困らせるんじゃない」

「そういうつもりはないんだがな」

と言いつつ、芳という男は細工箱から視線を外さない。

「さあさあ、旦那さまがた。もう線香は終わりです、お開きの時間ですよ」

やり手婆がやってきて、大きく手を叩《たた》く。

「おお、そうか。芳、帰るぞ」

柳野郎が芳を引っ張っていく。普段はちょっと気持ち悪い客と思っているが、ちゃんと引き際がわかっている。

「では、旦那さま」

女華はいつも通り愛想のない顔で見送った。

十二話　女華《ジョカ》と妹分

女華《ジョカ》が割れた玉牌《ぎょくはい》を客に見せてから一月後のことだった。

約一年ぶりに妹分の猫猫《マオマオ》が帰ってきた。

「ただいまー」

以前と変わらぬやる気のない声が響く。

あらかじめ緑青館《ろくしょうかん》に向かうと文が来ていたので、眠い目をこすりつつ起きていた。今日は昼見世はなく、妓女《ぎじょ》たちのほとんどは貴重な睡眠をとっていた。

「猫猫、ひさしぶりー」

白鈴《バイリン》が猫猫に抱きつこうとするが、やり手婆《ばばあ》に阻《はば》まれた。

「ふん、一年経《た》ってもあんまり変わらないようだね」

「婆もな」

「しかし都に帰って来てすぐうちにやってこないなんで、薄情な娘だねえ」

「こっちにも仕事があるんだよ」

猫猫は確かに疲弊しているようだった。

「若いのに疲れた顔してんね」

「朝一で別の用事で呼び出されていたから」

「ふうん、ともかく土産《みやげ》は忘れていないだろうね」

業突《ごうつ》くなやり手婆はさっさとよこせと皺《しわ》ばんだ手を出す。

「ほれ」

猫猫は布包みを見せる。中には灰色の石のようなものが入っている。

「おおっ、まさか本当に龍涎香《りゅうぜんこう》を持ってきてくれるなんて」

やり手婆が手を伸ばすが、猫猫は渡さない。

緑青館の玄関広間《ロビー》には、猫猫の土産目当てか他の妓女たちも集まってくる。

「なんで渡さないんだい？」

「いえねえ、これだけの大きさで上質な龍涎香だから、そのまま渡したら過分かと思っただけ」

「おまえは散々私に世話になっておいてそんなけちくさいことを言うのかい？」

「ほうほう、毎度原価ぎりぎりの薬代しか請求しないのは、その恩返しと思ってやっていたんですけどねえ」

「花街《はなまち》一の大店《おおだな》妓楼《ぎろう》の一室を貸してやっているんだよ。感謝してもしきれないだろう」

「家主《やぬし》なら店子《たなこ》を大切にするもんだろ？　狭い店でなんぼ取ってるんだよ」

猫猫とやり手婆《ばばあ》の口喧嘩《くちげんか》が始まる。やれやれと女華は白鈴と顔を見合わせる。

「家賃一年分は負けてもらわないと渡せないね」

「いいや二か月だね。そんな爪の先ほどしかない小石なら十分だよ」

「婆の目は節穴《ふしあな》か？　こんだけの大きさの龍涎香《りゅうぜんこう》がなんぼすると思ってんだ」

猫猫はいつのまにか家賃交渉に入っていた。今、緑青館にある薬屋は左膳《サゼン》という男に任せているが、家賃や諸経費などもろもろは猫猫と羅門《ルオメン》が負担している。

「なにやってんだ？」

噂《うわさ》をすればなんとやら。左膳がやってきた。

「見ての通り。猫猫とおばばの家賃交渉よ。雇われの身としては、猫猫を応援してあげて」

「白鈴姐《ねえ》さん、今日はなんか血色いいですね」

「ふふふふ。昨晩は、一年ぶりのお得意様がやってこられたのよ。久しぶりだからたっぷりご奉仕しちゃったわ」

お得意様とは、李白《リハク》とかいう武官だ。猫猫と同じく一年、西都に行っていたらしい。精力絶倫の男で、白鈴とは相性がいい。

「左膳、趙迂《チョウウ》は一緒じゃないの？」

趙迂は猫猫の伝手《つて》でやって来た子どもだ。娼館《しょうかん》は子どもの面倒を見る場所ではないが、たんまり銭を積めばやり手婆は引き受ける。

愛想がよく絵も上手いので緑青館の妓女《ぎじょ》たちには評判がいい。普段は左膳と一緒に緑青館の近くにあるあばら家に住んでいる。元々、羅門と猫猫が住んでいた家だが二人とも宮仕えになってしまったので、薬屋とともに左膳がついだ。

「あいつですか？　最近、なんか反抗期なのか、今日猫猫が帰ってくるって言っても、どこかへ行ってしまって」

「そうなの？　じゃあ梓琳《ズーリン》も一緒ね。あの子ったら、禿《かむろ》修業もせずに遊んでばかりなんだから」

困ったわあと、あまり困ってない顔で白鈴が漏らす。

「よし、五か月、忘れんじゃねえぞ、婆」

「ったく、とんだ業突《ごうつ》くに育ったもんだね、この娘は」

猫猫とやり手婆の交渉が終わったので、女華と白鈴が近づく。左膳も猫猫と話があるようだが、まず姐さんたちに順番を譲るつもりらしい。

「猫猫、ちょっと痩せたかしら？」

白鈴はぎゅうっと豊満な体で猫猫を抱きつぶす。猫猫は窒息しそうだ。

「元々こんなもんだったろ。宮仕えし始めてから、餌が良くなったのか肉付きが良くなったんだよ」

「そう？　ともかくお茶でも飲みつつ、積もる話でもしましょ」

白鈴は自分の部屋に案内しようとしたが、女華が止める。

「私の部屋で話そう」

「そう？」

白鈴は昨晩、正確には朝まで上客としっぽりしていた。まだ、寝台の敷布さえ替えていないだろう。娼館《しょうかん》で生まれ、娼館で育ちながら、女華は男が嫌いだ。濃厚な夜の匂いが残った部屋にはあまり立ち入りたくなかった。


女華の部屋は、本棚に囲まれている。科挙《かきょ》の受験生を相手にするためには、四書五経《ししょごきょう》だけでなくいろんな学術書を読みこまねばならない。

「女華小姐《ねえちゃん》のお土産《みやげ》はこれ」

猫猫は分厚い書物を渡した。経書《けいしょ》で女華が持っていないものだ。

「よく見つけたね」

女華は思わず感心する。

「うん、いろいろ大変だった」

猫猫は遠い目をしていた。数か月で帰ってくると言っていた西都滞在が、一年になった。その間、蝗害《こうがい》やらなにやらよほど苦労したらしい。

「ねえ、私には私には？」

白鈴は目をきらきらさせている。

「白鈴小姐にはこれ」

猫猫は、絹らしき布地を渡す。細かい刺繍《ししゅう》が施されているが、なんだろうか。

「なにこれ？」

「異国の下着」

「わお」

白鈴もお気に召したらしい。目をさらに輝かせている。

猫猫は茶を飲みつつ視線をきょろきょろさせている。

「どしたの、落ち着かないわね」

「梅梅《メイメイ》小姐がいないなあって」

「あっ、梅梅ね」

梅梅は緑青館三姫《さんき》の一人、だった。

「身請けされたわよ」

「えっ⁉」

猫猫は驚いて、茶をこぼす。

「あー、なにやってんの」

女華は手ぬぐいでこぼれた茶を拭き取る。

「ごめん。ってか初耳なんだけど」

「そうよねえ。なんか西都ではいろいろあって大変そうだったし、梅梅が連絡しなくていいって言うから連絡しなかったのよ」

「でも身請けって。どこ？　やっぱり昔からの常連？　変な客じゃないよね」

猫猫の慌てぶりもわかる。妓女《ぎじょ》としての目的は良い旦那に身請けされることだが、全員が全員良い旦那とは限らない。

そういう意味でいえば、梅梅の身請け先は悪くない。

「棋聖《きせい》って呼ばれている人よ」

「棋聖!?　あの人、なのか？」

「あら、猫猫は知っているのね」

猫猫は混乱しつつも、冷静になろうと何かをぶつぶつ唱えている。何を唱えていると思えば、薬草や毒草の名前だった。

「なんでまた、梅梅小姐《ねえちゃん》を身請けしたわけ？　緑青館の常連だったの？」

「それがね。あんたの爸爸《パパ》、じゃなくて羅漢《ラカン》さまがね、西都へ発《た》つ前に棋聖をうちに連れてきたのよ」

棋聖は羅漢に誰か碁《ご》の相手がいないか聞いたらしい。すると緑青館に連れてきて、梅梅を指名したという。

「梅梅小姐は、あのにやつく汚い笑みを浮かべる無精髭《ぶしょうひげ》おやじの相手をずっとしてきたからねえ」

「確かに、あの三日どころか十日ぐらい風呂を怠ったような加齢臭漂うおっさんの碁を見てきたもんなあ」

梅梅は謙遜《けんそん》していたが、生前の鳳仙《フォンシェン》よりも強くなっているだろう。

「ふふふ、二人ともひどい言いようねえ」

白鈴が笑う。

「棋聖は半年ほど通ってから、梅梅大姐《ねえさん》を身請けしたいと言い出したのさ」

「梅梅は渋っていたけどねえ。やり手婆《ばばあ》がこれ以上の旦那はいないと後押ししたの」

「そういうことか」

猫猫は納得がいったようだ。

「棋聖は羅漢さまと知り合いだし都に住んでいるから、猫猫が梅梅に会おうと思えばいつでも会えると思って無理に手紙を出さなかったのよ」

「うーん、でも驚くよ」

そうだろうな、と女華も思う。

「でも梅梅は幸せ者よ。棋聖は梅梅を弟子にするって言ってたもの」

「弟子ねえ。たとえそれが本当でも、家族はいい顔しないんじゃないの？」

「奥方は故人で子どもはいないってさ。棋聖《きせい》になってからすり寄ってきた親戚はとうに縁を切っているみたいだし。弟子はたくさんいるみたいだけど、梅梅大姐《ねえさん》なら上手くやるでしょう」

梅梅は熟練の妓女《ぎじょ》だ。人の心の機微を読み取るのは、緑青館の妓女たちの中で一番長《た》けていた。

「何より羅漢さまの紹介と言えば、手出しはできないはずよ」

猫猫は複雑な顔をしながらも、納得してくれたようだ。妓女は、身請けが到着地点と思われがちだが、その後も人生は続く。後ろ盾はないよりあるほうがいい。

「一番大きな話は梅梅のことで、他には――」

女華と白鈴は一年間にあったことを猫猫に話す。

左膳はなんとか薬屋をやっていること。

趙迂が最近反抗期ということ。

梅梅が身請けされ、梓琳の姉が現在緑青館で三番目の売り上げであること。

「あとは蝗害《こうがい》の影響かしらね。全体的に物価が上がっているわ」

「そうなんだ」

猫猫は想定していたことばかりで、梅梅の話以外はさほど驚かなかった。

今後、梅梅だけでなく白鈴にも身請け話がくるだろうと予想する。

緑青館の世代交代は仕方ないことだが、女華は自分だけ置いていかれる気がしていた。

だが、その不安な気持ちを表に出すつもりはない。妓女の女華は気位の高いやんごとなき血筋の女、客人にそう思わせねばなるまい。簡単に弱音を吐いてはいけない。

だが、女華とて思うことがある。目の前にいる猫猫。女華と同じ立場であるとずっと思っていた妹分。かわいそうだからと、乳飲み子のときに世話をしてやっていた。

しかし、女華と猫猫、進んだ道は全然違う。

同じ妓女の母を持ちながら、妓女の道を選んだ女華と、薬師《くすし》の道を選んだ猫猫。いや、女華には妓女の道しかなかったが、猫猫は違う道も用意されていたというべきか。

もし女華に、猫猫にとっての羅門のような存在がいれば、違う人生になっていたのだろうか。女華はもしもの人生を想像しつつ、自分の人生に後悔しているわけではない。同時に、猫猫に対する嫉妬など起こそうとも思わない。思った時点で、女華は作り上げてきた何かを叩《たた》きつぶすことになる。

女華がそんなことを考えている横で、白鈴は猫猫に西都でどんなことがあったのか聞いていた。

医官見習いとして西都に向かったこと。

変人軍師が一緒で面倒だったこと。

羅半《ラハン》の兄という男が来ていたこと。

蝗害《こうがい》にあったこと。

盗賊に襲われたこと。

たまに話を省いているのは、表に出せない話なのだろう。宮仕えならば、口に出してはいけない話にも関わることがあるだろう。もっとも、緑青館に来るお客の中には、それを理解できずにぺらぺら喋《しゃべ》ってしまう者も多いが。

「ねえねえ、その盗賊に襲われたくだりって具体的にどういうことー？」

「白鈴大姐《ねえさん》、猫猫が困ってるからやめときなよ」

深く追究する白鈴を、女華は止める。

「しかし、羅半兄《ラハンあに》っていうのはなんなの？」

これだけは気になった。猫猫の話の中で一番多く出てきた名前だ。いや、名前と言っていいのだろうか。

「羅半の兄で、今回の遠征の最大の功労者」

「いや、意味わかんないし」

「そんな功労者、置いてきたの？」

羅半兄という人は、ともかく滅茶苦茶苦労した人だとわかった。

「猫猫さあ、他に何か話すことはないのー」

「何？」

猫猫は気付いていないようだが、旅の前と後では雰囲気が少し違っている。女華はもちろんのこと、人の色恋沙汰《いろこいざた》に対して敏感な白鈴が見逃すわけがない。

「ふーん、しらばっくれるわけ？　ならば、ひん剥《む》いて白状するまでくすぐり倒しちゃうけどいいのかしらん？」

「うっ……」

猫猫は青ざめる。緑青館一、いや花街《はなまち》一の床上手《とこじょうず》にくすぐられるとなると、猫猫とてただではすまない。

女華も猫猫の守秘義務については追及するつもりはないが、他のことだといたずら心が芽生えてしまう。もちろん、猫猫が本当に嫌がっているのなら、無理して聞き出すつもりはない。でも、猫猫の表情は、以前と雰囲気が違っていた。

「べ、別に大したことはないけど」

「嘘《うそ》おっしゃい。小姐《ねえちゃん》に隠し事が通用すると思うのかしらん。好きな人ができたのね！」

白鈴の手がするりするりと猫猫を撫《な》でる。猫猫は猫が毛を逆立てるような反応をした。

「や、やめて。ほんとに」

猫猫は白鈴のくすぐりの前でも、口に出すつもりはないらしい。逆に白鈴にはそれがそそるらしく、目がじんわり潤んで熱っぽくなってきた。

白鈴が反応するとすれば、色恋沙汰だ。女華は猫猫と同じ恋愛観を持っていると思っている。もし、自分に恋ができるようなら、周りから茶化されたくはない。それが原因で、さらに恋という言葉に距離を置いてしまう。

なので、猫猫がこれ以上追い詰められるのはかわいそうだと思った。

「白鈴大姐《ねえさん》、それくらいにしておきなよ。変な癖がついたら、それこそあとに響くよ」

「あら、それもそうね」

くすぐりに堪《た》えていた猫猫は、床の上でぴくぴくと痙攣《けいれん》していた。数秒してのっそり起き上がり、白鈴を恨みがましく見ている。

「どうせ猫猫のことだから、白鈴大姐が面白がるほど、熱い恋愛なんてしないわよ。どうせ、相手がしつこくてしつこくて仕方なくて、諦めるのを待っていたけど根負けしたってところでしょ」

猫猫は目をぱちくりさせて女華を見る。女華は当てずっぽうに言ったのだが、どうやら図星だったらしい。女華は大きく息を吐く。

「猫猫、あんたは運がいい。相手がやたらしつこくてねちっこくて諦めが悪い人で、なおかつ――」

「けなしてるわね」

白鈴が茶々を入れるが無視する。

「――あんたが根負けしてやるって思った程度にいい人で」

猫猫の視線が下がる。猫猫が照れ隠しでやる動作だと、女華は知っている。

女華は微笑《ほほえ》ましいと同時に羨ましく思った。同じような環境で生まれたのに、同じような価値観で育ったのに、なんでこうも進む道が違うのだろうか。

「相手は誰か知らないけど、よほど我慢強い人なんだろうね」

誰か知らないというのは嘘《うそ》だ。猫猫が一時期、薬屋に戻ってきたときにまめに通っていた御仁《ごじん》がいる。猫猫が宮仕えをするようになったのも、その御仁の計らいだ、

知っていても、知らないふりをしてやるのが女華の優しさである。

「でも、一つだけ忠告しておく。ただ、貰《もら》うだけで終わらないように。相手がなんでもくれるからといって、それだけで終わらそうなんて考えるんじゃないよ。与えられて相応の自分になりな。貰うだけで終わろうなんざ、二流、三流止まりだよ」

女華は、猫猫に対して言っているのに、過去の自分への戒めを口にしている気持ちになった。猫猫はきゅっと口を結ぶ。別に女華が言わなくても、猫猫は賢い。自分で気づくことだろう。

「おやまあ。女華ったら」

「うるさい、白鈴大姐」

女華は口を尖《とが》らせる。白鈴が猫猫の代わりに女華をべたべた触り始めたので、場所を移動して机の前に座り、冷めた茶を飲む。

「そういや、こっち帰って来てからのことだけどさ」

猫猫は話題を変えようとしていた。

「戻ってきて早々首吊《くびつ》り死体があった。殺されたらしい。しかも変人軍師の執務室で」

変人軍師の話題を出す程度に、猫猫も動揺している。

「わお」

「いきなりな話だねえ」

とはいえ、興味がないわけじゃない。

「羅漢さまが殺したの？」

白鈴は、羅漢ならやっても別におかしくないという口調だ。

「相手は屈強な武官で、あのおっさん一人では始末できないよ」

「それもそうね」

羅漢という男は体力がない。やるとすれば、部下たちを使ってやるだろう。

実際は、その男は男女関係のもつれが原因で、三股《みつまた》もかけていたらしい。

「ひどい男ね」

「私たちが言えることじゃないんじゃない？」

妓女《ぎじょ》は一晩に何人も相手をすることも珍しくない。御手水《トイレ》に行くと言って客を待たせているうちに、別の客の相手をすることもある。

「しかし、騙《だま》していた三人の女に共謀されて殺されたとかいい気味ね」

「正直、自業自得だと思った。しかも、三人とも黒髪美人で好みが丸わかりだったよ」

猫猫は茶菓子を齧《かじ》る。

「黒髪？」

ふと女華は自分の髪をつまんだ。

『ほう、緑青館の看板だけあって美しいな。特に艶《つや》やかな黒髪が見事だ』

一月前のあの客も武官だった。

「ねえ、猫猫。その死んだ武官の名前って知ってる？」

「ええっと確か」

猫猫は考え込む。

「王芳《ワンファン》とかいったな」

柳《やなぎ》野郎が紹介した男も『芳』という名前だった。

女華は大きなため息をつく。

「どうしたの、女華小姐《ねえちゃん》？」

「その男、もしかして私の客だったかもしれないわ」

「えー。ほんとー」

「そんな偶然あるんだ」

白鈴と猫猫が驚く。

女華は不穏な空気を感じ、どうしようかと考えた。口に出すべきか出さぬべきか迷いつつ机から細工箱を取り出す。

「これって女華小姐《ねえちゃん》の母の形見じゃなかったっけ？」

「まあね」

割れた翡翠《ひすい》の牌《はい》を出して、猫猫の前に置く。

「でた、ご落胤《らくいん》の証《あかし》」

白鈴が茶目っ気たっぷりの口調で言うのは、女華のご落胤事業《ビジネス》を知っているからだ。

「一か月前、芳とかいう男がこれを譲ってほしいって言ったけど断った」

「ほんと？」

猫猫は目を皿にして、割れた玉牌《ぎょくはい》を見る。

「私が皇族の落とし胤《だね》じゃないかってやってきたのよ。それでいつも通り曖昧《あいまい》に答えて帰ってもらったんだけど。そっか、死んだか」

確かに女癖の悪そうな雰囲気はあった。三股《みつまた》もかけるなら正直いい気味だが、妙に引っかかる。そして、その手のことには女華以上に敏感なのは猫猫だ。じっと玉牌を見ている。

「女華小姐。この玉牌ってどんな男から貰《もら》ったって言ってたっけ？」

猫猫には何年も前に一度話したきりだ。

「私を産んだ女曰《いわ》く、整った顔立ちのやんごとなきお人。他の妓女《ぎじょ》から聞いた話によると、顔はいいが獣くさい男。正直皇族には見えないそうよ」

「そうだね。盗賊か何かで盗品を押し付けたんだろって言ってたね」

猫猫は、そういえばそうだったと手を叩《たた》いた。

「皇族か盗賊かと言えば、盗賊のほうが近いだろうねえ」

女華は自分の種がなんなのか興味がない。いや、興味がなくなった。

「獣くさい。他に特徴は？」

「節くれだった手だったとか。やんごとなき血筋なら、そんな手をしているわけないだろ」

「そういうこともないけど」

「はっ？」

猫猫はじっと玉牌を観察する。宮仕えをしている猫猫なら、女華より皇族のことは詳しいだろう。白鈴は興味がないのか、ひたすら茶菓子を食べている。

「翡翠、色からして琅玕《ろうかん》、価値は高い」

「割られる前から表面は削られていたみたいだな」

「元の大きさは三寸《九センチ》くらいかな」

猫猫はぶつぶつと独り言を続ける。

「小姐、触ってもいい？」

「どうぞ」

「削ってもいい？」

「いまさら、疵《きず》がついても気にならないわ」

「白鈴小姐《ねえちゃん》、簪《かんざし》を貸して」

「どうぞ」

猫猫は簪の先で、玉牌《ぎょくはい》を刺した。疵の深さを確認している。

「硬玉だな」

疵がついても気にならないとは言ったが、思い切りの良さに驚いてしまう。

「はい、ありがと」

猫猫は白鈴に簪を返す。

「何かわかったの？」

「玉牌の材料は翡翠《ひすい》でも硬玉、硬い材料を使っている。表面の疵も自然に削れたのではなく削った痕跡で、割れる前から削られている」

「へえ。なんで削ったのかしら？　価値が下がってしまうのに」

「二つに割られている理由はわかんないけど、玉牌の表面を削ったのはわかる気がする」

猫猫は割れた玉牌の表面をなぞる。

「なんで削ったわけ？」

「皇族や貴族になると、身内から命を狙われることもある。だから、ご落胤《らくいん》とばれないようにしたかった」

皇位継承をめぐる血で血を洗う争いは、歴史上よくあることだ。女華の部屋にある歴史書にも、数えきれないほど書かれている。

「削るだけ？　捨ててしまったほうがいいんじゃないの？」

白鈴は簡単に言ってのける。

「捨てようとしても捨てきれない。そういうものがあるんだよ」

女華はもういいだろうと、玉牌を片づける。

「なあ、女華小姐。その玉牌、残り半分はどこにあるのかは知らないよね？」

「知るわけないじゃないか」

「そうだよね」

猫猫はまだ女華に話していないことがあるようだ。でも、口にしないということは、話してはいけない、話さないほうがいいと思ったのだろう。

女華は猫猫を問い詰めなかった。聞いて謎めいた素性《すじょう》が全部暴かれたら、女華は女華ではなくなるからだ。

妓女《ぎじょ》を引退するその時まで、謎めいた存在でいるほうがいい。それが女華の売りなのだから仕方ない。

十三話　姚《ヤオ》と、羅半兄《ラハンあに》の帰還

猫猫《マオマオ》が西都に行っている間、姚《ヤオ》はいろんな仕事を覚えた。

「おい、鑷子《ピンセット》」

「はい」

医官の手術の補佐をするようになった。患者は、腕の骨が折れて砕けている。破片を取り除かねばならない。

助手として隣にいるが、いるだけで気持ち悪くなる。血の臭い、さるぐつわを噛《か》まされてうめいている男の声、あらぬ方向に折れてはみ出した骨。

口と鼻を覆っているが気休めにしかならない。吐き気を我慢し、鑷子を医官に渡す。

手術が終わったあと、姚は思い切り吐いた。燕燕《エンエン》が背中をさすり、猫猫が水を持ってくる。

「ありがとう、でも二人は自分の仕事に戻って」

「わかりました」

猫猫はさっさと行ってしまったが、燕燕は心配そうに見ている。

「姚さまは無理なさらず。私がやりますので」

仕事場では『お嬢さま』と言わないで、と燕燕には話している。

「燕燕、私の仕事よ。ようやく劉《リュウ》医官が許してくれるようになったのに、邪魔しないで」

ここ一年、姚はひたすら家畜を解体した。殺すことも経験したし、内臓も分けられるようになった。

だが、まだまだ人体は慣れない。

あらかた胃の中身を吐いたところで、仕事に戻る。

猫猫は先ほどの手術で使った道具を洗っていた。手を切らないように血と脂を落とし、煮沸《しゃふつ》消毒する。

この煮沸消毒というのは、宮中の医官たちは当たり前に行っているが画期的なことらしい。たとえ手術に成功しても、処置に使った道具に付着していた毒のせいで死ぬことは珍しくないらしい。

「猫猫、私もやるわ」

姚は猫猫の隣に立つ。燕燕は他の医官に頼まれて別の仕事をしに行った。

「それでは、姚さんは煮た小刀を冷まして拭いてください」

「わかったわ」

小刀を拭いて完全に乾かす。とても大事なことだ。刃物は錆《さ》びやすい。

猫猫は小刀を洗いつつ、片目を閉じてじっと見て、刃こぼれがないか確認する。欠けていれば研ぎ直し、それでもだめなら新しい小刀に替える。

猫猫は、助手だけでなく施術も任されるようになった。

元々、怪我人《けがにん》の処置には慣れていたようだが、西都から帰って来てからさらに一皮むけている。でなければ劉医官が他の医官を差し置いて、施術させるわけがない。官女《かんじょ》の仕事の領分を著《いちじる》しく過ぎた行為であり、執刀者の欄に猫猫の名前が書かれることはない。

これが今の医官手伝い官女の限界だ。

どんなに仕事ができても、表に出すことはできない。

姚が悔しいと思うのだ。ならば猫猫はもっと悔しくないのだろうか。しかし、猫猫を見る限り、特に気にする様子もなく飄々《ひょうひょう》と仕事をしている。

姚は仕事以外にもいろんなことが頭を巡り、常にいっぱいだというのに。

「ねえ、猫猫」

「なんですか?」

「猫猫って悩みあるの?」

姚は思わず単刀直入に聞いてしまった。莫迦《ばか》にした言い方だと思われないだろうか。

「ありますよ。いろいろ」

猫猫は別に気にする様子もなく返答する。

「想像がつかないんだけど、何がいろいろ？」

「……人間関係とか」

「えっ……」

姚はどきっとした。もしかして、自分とのことを言っているのではないだろうか。だが、直接聞くのは怖い。

猫猫は誰のことを言っているのか、姚はじっと顔を見る。猫猫は少し気まずそうに口を開く。

「変な人とかよく来ますし」

「あっ、変な人か」

猫猫は直接口にしないが、猫猫の実父は漢太尉《カンたいい》だ。変人軍師と呼ばれることが多い人物で、一時期猫猫を追いかけまわしていた。確かにあれは大変だろうな、と姚は思う。姚の叔父もうるさいが、さすがに変質者ばりに追いかけまわしたりしない。

「大変ね」

「ええ、大変です」

姚は少しほっとしつつ、冷めた小刀を拭き続ける。

あらかた小刀を洗い終わったところで、てくてくぽくぽくと独特な旋律《せんりつ》の足音が響いてきた。

「こんにちはー、雀《チュエ》さんですよぅ」

　奇妙な姿勢《ポーズ》を取るのは、本人も言う通り雀という人物である。二十をいくつか過ぎた女性で月の君の侍女であったが、西都同行の際、盗賊に襲われて重傷を負ったらしい。右手がほぼ使えなくなり、肋骨《ろっこつ》や内臓も負傷しているが、やたら明るい。

「ふう、今日もまた体が痛みますねぇ。診察とお薬を頼みたいのですが、お薬にはたっぷり蜂蜜を入れてお願いしますよぅ。あっ、そこの君ぃ、温かいお茶をいただけますかねぇ」

　雀は医務室に入ると、当たり前のように椅子に座り、近くにいる医官見習いを呼びつけて茶を要求している。置いてあった茶菓子も勝手に食べていた。

　図々しいことこの上なく、劉医官も冷めた目で見ている。気難しい医官としては追い出したいところだが、月の君の命令で追い出そうにも追い出せない。

　ここ最近、雀が来るためだろうか、医官手伝いたちは劉医官の傍《そば》で仕事をすることが多い。患者が女なので、同性を傍に置いておこうという気遣いがあるのだろう。

　正直、気遣いが必要なのだろうかと姚は思うが、一生残る怪我《けが》であることには違いない。

　姚も最初、なんなのこの人、と思ったが口を出す立場ではないので傍観することにした。

「猫猫さん猫猫さん、一緒にお茶などいかがでしょうか？　そこのお嬢さんもご一緒にどうぞぅ」

　雀は猫猫を、ついでに姚を茶に誘う。

二人のやり取りを見る限り仲が良いのがわかった。西都で一年間一緒にいたからだと思うが、姚としては猫猫との付き合いが古いのは自分のほうだと言いたくなる。

「雀さん雀さん、勤務中なので無理ですね。姚さんもですよね」

「はい。勤務中です」

姚は素っ気《そけ》ない返事しかできない。面白くない人だと思われたかもしれないが、姚に洒落《ユーモア》の才能はない。

「あらあらそれはざんねーん」

「それより容体《ようだい》はいかがですか？」

猫猫は、社交辞令ではなく本当に心配している声だった。

「ふう、肋骨って痛めると笑えないんですよぅ。あと寝る時、痛くて苦しいですねぇ」

「猫猫、薬を煎《せん》じてやれ。寝る前の痛み止めもだ」

劉医官は雀関連のことは猫猫に任せている。話によれば、重傷の雀を最初に治療したのは猫猫らしい。

「じゃあ猫猫さん。蜂蜜ましまし柑橘《かんきつ》ましまし生薬少なめでお願いしますよぅ」

「生薬は激盛りしかありません」

猫猫はすり鉢で生薬をすりつぶし、蜂蜜と柑橘をたっぷり混ぜて杯に入れた。

「可愛くないですねぇ」

猫猫は面倒くさそうに、緑色のどろどろの上に申し訳程度に赤い枸杞子《くこし》をのせ、麦稈《ストロー》を挿した。

雀は不味そうに薬を飲む。

そのやり取りが羨ましいと思う姚は不謹慎だろうか。

「これは寝る前の痛み止めです。痛くなければ飲む必要はないです」

猫猫は薬が入った紙包みを渡す。

「助かりますねぇ。寝返りもうてませんから」

最初、雀は大げさに言っているのだろうと姚は思っていた。しかし、胸から腹にかけての傷痕を見るに、一体どんな獣に襲われたのだと慄《おのの》くほどだった。

一介の侍女が最高位の医官に診《み》てもらうことは、本来であれば分不相応だ。しかし実際診てもらっているということは、雀はそれだけの功績を挙げたのだろう。

とはいえ、雀をよく知らない姚は「何、この変な人」以外の感想は持てずにいる。

「あっ、そういえば、猫猫さん」

雀は懐から文を二通取り出す。

「お手紙ですよぅ。雀さんは山羊《やぎ》さんではないので、食べたりしませんよぅ」

「山羊は西都に置いてきましたからね」

「兄も忘れてきちゃいましたけど」

「それ言っちゃだめ」

猫猫が大きく手でばつを作る。

「ご安心ください。もう帰ってきますよぅ、乗った船がそろそろ到着するそうです」

「それは良かった」

猫猫と雀の間だけで通じる会話をされると寂しくなる。とはいえ、会話に割り込むことも姚にはできない。

猫猫は手紙をじっと見ている。差出人は書かれていないようだが、筆跡や紙で誰か目星がついているようだ。一通は怪訝《けげん》な顔で、もう一通は覚悟を決めたような顔で読んでいるように見えた。

「おい、薬を飲んだらこっちへ来い。さらしを替える」

「はいはーい」

雀は劉医官に呼ばれ、診療室へと入っていく。

「猫猫も来い」

「わかりました。姚さん、残りをお願いします」

「わかったわ」

猫猫も呼ばれたので、姚は残った小刀を綺麗《きれい》に拭いた。

姚は勤務が終わり、羅漢《ラカン》邸に帰ってきた。そして、とある人物に出くわす。

「姚さま、いらっしゃいませ。新しい物件が見つかりましたので、いかがでしょうか？」

姚に家の間取り図を持ってくるのは、三番《サンファン》とかいう使用人だ。見た目は美青年だが、その実は男装した女性である。

三番は、「おかえりなさい」ではなく「いらっしゃいませ」と言う。

「とりあえず引っ越しだけして、気に食わなかったらまた引っ越しましょう。いくらでも物件は探しますよ」

三番は親切なように見えて、遠まわしに「早く出て行け」と言っている。

「お嬢さま、お疲れでしょう、湯あみはいかがですか？」

燕燕が三番との間に入ってきた。

「三番さん、姚お嬢さまはお疲れです。あとにしてください」

「かしこまりました。いつでも準備はできておりますので遠慮なくお申し付けください」

「ふふ、ご親切に。あなたこそ今からお出かけのようだけど、急がなくていいのかしら？」

姚とて少しは大人になる。怒りだすのではなく、早く出ていけと遠回しに言った。

「そうですね。今日はお客人が来ますので、お二人は離れでごゆっくりしてください」

三番は嫌味たっぷりに去っていった。

「……」

燕燕は複雑な表情を浮かべて三番の背中を見る。

「どうしたの？」

燕燕はいつもなら塩でもまいてくれるのだが、今日はしない。そういえば、先日の休みから燕燕の様子が少しおかしい。

「ああ、趣味が悪い……」

燕燕はぶつぶつ何か言っている。

「なにが？」

「いえ、なんでもありません」

燕燕は着替えと手ぬぐいを準備する。

現在、姚たちが滞在している羅漢邸の離れには湯殿がない。なので特別に大きな桶《おけ》を用意して風呂がわりにしている。

最初は本邸の湯殿を借りていたが、三番とかいう使用人が特別に桶を用意してくれた。親切なようでいて、実は本邸の風呂を使うなという警告でもあった。

三番は明らかに姚に敵意を持っている。同時に、姚もまた三番に敵意を持っていた。

「さあ、お嬢さま、湯あみをしましょう」

お湯はすでに用意されていた。三番と同じく羅漢の使用人である四番《スウファン》は、まだ幼いが賢い。姚たちが帰ってくる時間を考慮してお湯を準備してくれている。

燕燕が熱湯に水を足し、ちょうどいい温度に調節する。

姚は服を脱ぎ、桶に入る。風呂桶に入る前に体を洗いたいが、設備がそろっている湯殿ではないので難しい。

燕燕が柔らかい布で姚の手足を撫《な》でる。姚が一人で体を洗えると言っても、燕燕は聞いてくれない。

「姚お嬢さま」

「なあに、燕燕？」

燕燕は姚の頭髪を濡らし、頭皮を揉《も》むように洗う。

「猫猫も戻ってきましたし、そろそろ引っ越しを考えてもいい頃では」

燕燕は姚の様子を窺《うかが》うように聞いてくる。

「……そうねえ、でも引っ越しは手間だからゆっくり考えましょう」

姚は気持ちよい温度に眠気を誘われていた。

姚が羅漢邸に滞在して一年以上になる。最初は、叔父が持ってくる結婚話から逃げるために来た。だが、叔父が西都へ行くことになって、なぜまだ滞在を続けているのか。

友人の猫猫が心配だ。彼女の情報を得るために滞在の延長を希望する。

その猫猫が帰ってきたら、今度はどんな理由を作ろうか。

姚は自分が口にする言い訳が理不尽にまみれているとわかっている。いつのまにか羅漢邸に滞在する理由が変わっていたのだ。

「ねえ、羅半《ラハン》さまのお帰りはまだかしら？」

「まだじゃないでしょうかねえ」

燕燕は、羅半の名前を出すと声が曇る。

「引っ越すのであれば、まず羅半さまに相談すべきじゃないかしら」

「その必要はないと思います」

きっぱりと燕燕が言う。

燕燕は羅半を嫌っている。羅半は、姚に対して当たりがきつい。それが気に食わないのだろう。

燕燕はよく羅半の悪口を言う。羅半は年上が好きで未亡人との付き合いが多い。金にがめつく、役人でありながら使用人の名義を使っていくつも商売をやっている。また、過去には家督を手に入れるために羅漢と共に行動し、祖父や両親を家から追い出したという。

燕燕は私情で話を盛っているが、嘘《うそ》ではないだろう。

姚とて、羅半が善人だと思わない。でも、羅半の行動は悪人でもない。

羅半は、姚よりも身長が低い。見た目は美形とは言い難く、頭はいいが運動はからっきし。女性に優しいようだが、あくまで表面的で中に入りこもうとすれば即座に拒否される。

男性として見たとき、魅力があるかといえば全くない。少なくとも姚の基準ではない。

なのに、なんでこうも気になるのか。

姚はわかっている。羅半は姚のことを猫猫の同僚くらいにしか思っていない。義妹の同僚に対する親切であって、それ以上を求めたら距離をとった。

姚はわかっている。自分の行動は無駄だ。羅半は近づけば近づくほど、離れていくだろう。でも、ここで距離をとったら二度と近づけない気がして、姚は引けない。

格好悪くて恥ずかしく情けないのに、行動を起こさずにはいられない。

「ねえ、燕燕」

「なんですか？」

「燕燕は結婚しないの？」

「い、いきなり何を言い出すのですか？」

燕燕は姚の体を拭く。

「だって、燕燕なら引く手あまたでしょう」

年齢的にはとうに結婚していてもおかしくない。

「私は姚さまに仕えております。姚さまが結婚されるまで自分も結婚するつもりなどありません」

「その割には、私を結婚させる気はないようだけど」

「そ、そんなことはありません」

燕燕は明らかに動揺した。少し震える手で、姚に服を渡す。

「姚お嬢さまにふさわしい殿方がいれば、私は喜んで花嫁衣裳を縫いましょう」

「じゃあ、どんな人がふさわしいのよ」

「えっ？」

また燕燕は動揺した。

姚は帯を結び、濡れた髪を手ぬぐいで拭く。

離れの居間に向かうとすでに夕餉《ゆうげ》が用意されている。燕燕が仕事の時は、これまた四番が気を利かせて夕餉を用意してくれるのだ。献立は燕燕監修のもとに作られているので、栄養管理も問題ない。

「そ、それは」

「姚さまにふさわしいのは――」

燕燕が大きく息を吸う。

「しっかりした大人の男性です。とはいえ、年上過ぎず、年齢差は十歳以内が理想でしょう。身元がはっきりしていて家柄も見合うかた。それから、身長は六尺《百八十センチ》ほど、体格はがっしりしていて、健康であるのは当たり前。頭は良いに越したことはありませんが、頭でっかちではなく応用を利かせることができる。困難な状況にも諦めずに行動でき、希望を忘れない。弱きを助けれど、単純に暴力をふるうような真似はしない。顔立ちがいいに越したことはないですし、一番大切なのは内面。女好きなくらいなら初心《うぶ》なほうがいいです。しかし、包容力はあり、されど束縛せず、そして、何事にも謙虚であること。これが一番大事です！」

燕燕は早口でまくし立てるように言った。

「そんな人いるの？」

燕燕の理想は高すぎる。

「探せばいるはずです！」

姚は嘘《うそ》くさいと思った。燕燕は姚を結婚させたくなくて無理難題を言っている気がした。とはいえ、姚自身、自分の仕事が中途半端なまま結婚などしたくない。もし可能であれば、姚の代わりに子どもを産んでくれる人を燕燕が連れてくればいいと思っている。

「大体、それは私じゃなくて燕燕の理想じゃないの？」

「ええ、姚お嬢さまの夫は私にとっても旦那さまになります。理想の旦那さまを口にしているだけです！」

燕燕は粥《かゆ》を器によそって、姚の前に置く。

「じゃあ、燕燕がその人と結婚すればいいのよ」

姚は匙《さじ》を手にして粥《かゆ》をすくう。すると、遠くから声が聞こえた。

「おーい、誰かいるかー？」

誰かを呼ぶ、まだ若い男の声だ。

「羅はーん、いねえのか？」

誰だろうか、羅半を探しているようだ。

「羅半さまはまだお帰りじゃないわよね」

羅漢邸では使用人が少なく、今の時間帯は特にいない。三番はさっき出て行ったばかりだ。

「なんだ、勝手に入られては困る！　名を名乗れ！」

「なんだと！　俺が誰だかわかんないのか？」

雰囲気が怪《あや》しい。姚は気になって、匙を置く。

「お嬢さまが出る必要はないですよ」

「ちょっと見てくるだけ」

燕燕は気乗りしない様子だが、止める気はないらしく、上着を持ってきて姚にかける。

「おまえ、新入りだろ！　ちゃんと仕える家の住人くらい把握しておけよ」

「怪しい奴はそうやって入り込むんだ」

「なんだと！」

屋敷の門で門番とやりあっているのは、二十代半ばの男だった。身長は高いほうだろう。がっしりした体つきで、赤く日焼けしている。南方出身かなと思ったが顔立ちは中央寄りだ。これといった特徴がない顔だが、良く言えば美形とも表現できる。

騒ぎを聞きつけて、四番たちや羅漢と共に帰ってきた俊杰《ジュンジェ》もやってきた。

「何があったんですか？」

四番が聞いてきた。四番の後ろにいる五番《ウーファン》と六番《リウファン》は不安そうな顔をしている。

「この家の者だから入れろと言ってるひとがいるんだけど」

「あ、あの人は！」

俊杰は、門番と怪しい男のいるほうに近づいていく。

「あのな、俺の名は」

「羅半兄《ラハンあに》さん！」

「へっ？」

俊杰は怪しい男もとい羅半兄に向かって言った。

「お久しぶりです。どうしたんですか、西都に居残って、まだ片付いていない仕事をしていると聞いていたんですけど」

「いや、居残りで仕事というわけでは」

羅半兄はしどろもどろに言う。

羅半兄というからには、その名の通り羅半の兄なのだろうが、全く似ていない。

「本当に尊敬します。あとから聞いたんですが、蝗害《こうがい》の被害があの程度で済んだのは、羅半兄さんが戌西州《いせいしゅう》中を回って注意喚起してきたおかげなんですよね。羅半兄さんがいなければ、餓死者が十万人は出ていただろうと、羅半さんから聞きました。僕はもう驚いてしまって。僕や僕の家族が健在なのは、羅半兄さんのおかげです！」

俊杰は目をきらきらさせながら、羅半兄を見る。その無垢《むく》な瞳に羅半兄は圧倒されていた。

「俊杰くん、お話の途中悪いけど、そのかたを紹介してくださる？」

「あっ、すみません。姚さま。この方は羅半兄さんです。羅半さまのお兄さまです」

お兄さまなのはわかっている。しかし『羅半』は『さま』で、『羅半兄』は『さん』なのだなと気づいた。

三番はこの羅半兄を迎えに行ったのだろう。どういうわけか入れ違いになったようだ。

「羅半さまのお兄さま……」

門番が気まずそうに羅半兄を見ている。完全に不審者扱いしていた。

「も、申し訳ありません」

門番が地面に膝をついて頭を下げる。

羅半の兄となれば、『羅《ラ》の一族』だ。

「あー、もういいよいいよ。慣れてるから」

羅半兄は、門番の腕をつかんで立たせる。

「もう変に頭を下げられても困るし、お迎えを待たずに帰ってきた俺が悪いの。気にしなくていいから、仕事の続きをしてくれ」

羅半兄はしっしと門番を手で追い払う。何の罰も与える様子はない。

「初めまして。僕はこの屋敷で働く四番という者です。後ろの二人は五番と六番。港には三番が迎えに行ったはずですが、遅かったようで申し訳ありません」

「いいよいいよ。そんなに遠くなかったし。久しぶりの都だから散歩ついでに歩いてきただけだ」

「歩くって、港からこの屋敷までかなり距離あると思いますけど」

「舗装された道ってほんと楽だよな」

「お疲れではありませんか？」

「船の中で暇だったから、いい運動になった」

羅の一族といっても屋外《アウトドア》派のようだ。

姚はどうしようかと考え、一歩前に出る。

「初めまして。この屋敷でお世話になっている魯《ルー》姚と申します。こちらは、燕燕です」

姚はまず自己紹介が大切だと思った。

「えっ、ええ？」

羅半兄は姚たちを見るなり、動揺する。

「お名前を聞かせてもらってもよろしいでしょうか？」

羅半兄と呼ぶのはいくらなんでも失礼ではないだろうか。女から殿方の名前を聞くのははしたないという話もあるが、姚は働く女だ。受動的にではなく、能動的に生きていきたい。

「ええっと俺は……」

羅半兄はしどろもどろに、視線を俊杰へと落とした。俊杰はきらきらした目を羅半兄に向けたままだ。

「俺のことは、羅半兄と呼んでくれ」

「ら、羅半兄ですか？」

「ああ、俺は羅半の兄、だから羅半兄だ」

諦めにも悟りにも似た、澄んだ目を夕日に向けていた。

やはり、羅の一族だけあって変な人だなと姚は思った。同時に、羅半兄は燕燕の言う「理想の旦那さま」に近いのではと思ったが、口に出すことはなかった。

十四話　阿多《アードゥオ》の真実

阿多《アードゥオ》の宮では、子どもたちのはしゃぎ声が響き渡っていた。広い邸内を走りまわる子どもたちを侍女が追いかけている。

「危ないですよ、お待ちなさい」

「やーだーよー」

よそ見をしつつ、べえと舌を出す男児。前を向いていなかったためか、歩いていた阿多にぶつかる。

「あ、阿多さま」

申し訳ございません、と侍女が頭を下げる。侍女は後宮《こうきゅう》時代から阿多に仕えてきた者たちばかりで、不便なく過ごしている。

「ははは、元気だな。しかし、ちゃんと前を見ておくんだ」

阿多はぶつかってきた男児を起こした。

「阿多さま、ごめんなさい」

男児が謝る。

「ねえ、阿多さま。鬼ごっこしませんか？」

別の子どもたちも近づいてきて、阿多の手を引っ張った。

「今日は、客人が来るから無理だなあ」

阿多はわしわしと男児の頭を撫《な》でる。他の子どもたちも全員、頭を撫でてやった。

阿多の宮にいる子どもたちは、元は『子《シ》の一族』の生き残りだ。「月《ユエ》」、月の君に頼まれて阿多が匿《かくま》っている。

彼らは自分の親たちがどうなったのか、まだ知らない。知らせずにいる。勘の良い子は自然と口をつぐみ、幼い子は親を忘れている。

彼らは子の一族であることを忘れなければならない。子の一族と名乗れば、阿多や月がいくら匿おうと、絞首台に上がらねばならなくなる。

「阿多さまを困らせるんじゃない。こっちへおいで」

すらりとした背丈の若者が近づいて来る。娘たちが黄色い声を上げるほどの端正な顔立ちをしているが、男ではない。

「翠《スイ》、任せたぞ」

「かしこまりました」

翠苓《スイレイ》、この女もまた子の一族の生き残りだ。同時に先帝の孫でもある。彼女もまた、公式には存在できないため、阿多の宮に匿われている。

翠苓は賢く冷静だ。医術の心得もある。優れた人材なのにもったいないと阿多は思うが、仕方ないことだ。彼女は隠れて生きていくしかないのだ。

「そうだ、今から猫猫《マオマオ》が来るのだが、翠は会わなくていいか？」

阿多は猫猫に手紙を送っておいた。返事が来て、今からやってくることになった。

「猫猫ですか。……やめておきます」

「前の旅路では仲が良さそうに思えたのだがなあ」

西都に行く際、阿多は翠苓を同行させた。その時、翠苓は猫猫と共に怪我人《けがにん》の治療をすることもあった。

「気のせいでしょう」

翠苓は子どもたちの手を引いていく。

「せっかく話ができる数少ない人間が来るというのに」

翠苓の存在を知る者は少ない。公《おおやけ》には彼女の存在は認められていない。

会えるときに、話せるときに誰かと話さねば忘れ去られてしまうだろう。

「私がいつまでもいるとは限らんのにな」

阿多は首の裏をかきながら、宮の中へと入る。

猫猫は時間通りにやってきた。手紙を送ってから訪問まで時間がかかったのは、隠居している阿多と違って多忙だからだろう。

「阿多さま。お久しぶりです」

「おひさしぶりですねぇ」

猫猫の横にいるのは雀《チュエ》だ。西都で大怪我《おおけが》をしたというが、以前と変わらぬ笑みを見せている。

雀には猫猫宛の手紙を預けていた。

「ははは。西では大変だったらしいな」

阿多は長椅子に横たわり、果実水を飲む。猫猫相手なら酒を用意してもよかったが、今回は話の内容が少し違う。

「いろいろありました」

「ありましたねぇ。雀さんのお話聞きますか、阿多さま？」

雀が妙に出張っている。猫猫は気になるのか、阿多と雀を交互に見ている。阿多からの手紙を雀から渡されたときは驚いただろう。

「阿多さま、雀さんとは？」

「私が雀を通して猫猫に手紙を渡した。それで、なんとなく察しがつくのではないか？」

阿多は卓の上の焼き菓子を食べる。乳酪《バター》をたっぷり使ってあるので香りがいい。

「雀さんの本当の主人は、阿多さまということでよろしいでしょうか？」

猫猫は、正解を言い当てる。

「そうだ」

「はい、そうですよぅ」

阿多と雀はそれぞれ肯定する。

「この離宮に移ってしばらく後、主上から雀をもらい受けた」

「はい、産後復帰でいきなり部署変更なんですよぅ。ひどくないですかぁ？」

雀は、わざとらしく泣き真似をする。

「雀さんの行動が月の君とずれているわけですね」

猫猫は納得したように息を吐く。

「説明しなくていいから助かるな」

阿多は、雀と猫猫の前に焼き菓子を向ける。雀は遠慮なく食べ始めたが、むしろどんどん食べろと言いたい。阿多の命令を忠実に守ったゆえに、雀は利き腕が使えなくなったのだ。傍若無人《ぼうじゃくぶじん》なふるまいも笑って許してやらねばなるまい。

「そうだ。雀は私に仕えている」

「はい」

雀は、口の端に焼き菓子のかすをつけたまま肯定する。

「主上より、阿多さまの命《めい》を何より一番とせよと言われました」

「ですが、雀さんはずっと、じ、月の君に仕えていたように見えましたが」

「壬氏《ジンシ》と言ってもかまわないぞ。私も『月《ユエ》』と呼ぶ」

猫猫はじっと阿多を見る。阿多がこれから何を言い出すのか予想しているのかもしれない。そして、その予想はおそらく当たる。

「阿多さまは私に『月の君を幸せにすること』が仕事と言いました」

雀が言うと、阿多が肯定する。

「そうだ」

猫猫は沈黙のままだ。確信を持っていても口にするかどうか躊躇《ちゅうちょ》しているのだと阿多は思った。なのではっきり口にする。

雀はこれ以上言うことはないと、椅子にもたれかかる。普段は騒がしいが、立場をわきまえている。これから猫猫と話すことは、誰にも口外しないだろう。

「月は私の実の息子だからな」

阿多が見る限り、猫猫は驚いていない。猫猫は阿多から視線をそらし、俯《うつむ》きつつ軽くため息をついた。

知りたくもなかった疑問の答えを突き付けられた顔だった。

「その様子だと私と月のことについては、とうに勘づいていたように思えるな」

「可能性としてはあると思っていました」

「本物の皇弟《おうてい》と私の息子を入れ替えた。そのことに？」

「……はい」

気づいていても直接知りたくなかったと猫猫の顔に書いてある。たまに方々から月と猫猫の話を聞いていたが、仲が発展しない理由がわかった。猫猫が、はぐらかしてしまうのだろう。

「なぜ、そんなことを私におっしゃるのでしょうか？」

「いや、なに。西都でなにやら月と猫猫が進展した空気を察したといろいろ聞いてな」

猫猫は即座に雀を睨《にら》む。雀はわざとらしく口笛を吹いて天井を仰いだ。

阿多は知っている。猫猫は、こういう色恋についての情報共有のされかたは嫌いな性格だろう。阿多とて、かつて主上との関係について揶揄《やゆ》されることがあったし、何度も周りの女官たちの首を絞めそうになった。当時は、阿多は主上のことをただの乳姉弟《ちきょうだい》の幼馴染《おさななじ》みとして見ていたのだ。居心地が悪いことこの上なかったことを覚えている。

だが、他人事《ひとごと》になると面白くなるから困る。

阿多は、いかんいかんと首を振った。自分がされて嫌なことを、他の人にはしてはいけない。

「月は私が言うのもなんだが、大変面倒くさい男だ」

「知っています」

猫猫は遠い目をする。

「同時にお年頃だから、まあそのうち宮に来いと言われるだろう」

「阿多さまの手紙と共に、雀さんから受け取りました」

阿多は雀を見る。雀はわざとらしく口笛を吹く真似をした。

「宮に行く意味はわかっているか？」

月が本当に、猫猫と男女の仲になりたいから呼んだのかどうかはわからない。ただの世間話や相談事がしたいのかもしれない。だが、一般的に考えると、高貴な男が女を宮に呼ぶということは、夜伽《よとぎ》をしろということだ。

「私は花街《はなまち》の出身です」

猫猫は大きく息を吐く。

「ただの男女の夜這《よば》いとは違うぞ。あいつは国で最も高貴な血筋を引いている」

「……避妊方法は、他人よりはよく知っております。後腐れのないようにするつもりです」

猫猫は、どこまでも現実的な考え方をする女だ。月が阿多の子である以上、先帝ではなく現帝の子ということになる。皇弟《おうてい》と現帝の長子では、立ち位置は大きく変わってくる。まだ七つにもなっていない皇后の子と、すでに元服した側室の子。皇后側とすれば、せめて我が子が元服するまで皇帝に何も起こらないことを祈るしかなかろう。

茘《リー》の皇位は世襲制であり、長子相続を基本とする。本来、最も玉座に近いのは月だ。皇后である玉葉后《ギョクヨウきさき》は異国の血が濃い。東宮が赤毛であることを不快に思う臣下も少なくない。血統を重んじて、梨花妃《リファきさき》の子をと主上に訴える者もいる。

かつて阿多は皇太后と示し合わせて赤子を入れ替えた。時間を巻き戻すこともできず、月は真実を知らぬまま、偽りの立場で生きていかねばならない。

阿多はいまさら母親ぶることはできない。だが、猫猫に聞いてしまう。

「もしもの時は、隠して子を育てるつもりはないか？」

避妊薬や堕胎薬《だたいやく》を使っても、子どもはできる時はできよう。

「そのために数十、数百の命が容易《たやす》く奪われるのではないですか？」

猫猫は政争が勃発することを危惧《きぐ》している。

「ならば、私一人の腹を長針で刺したほうがよほど楽でしょう」

「針を刺すのか？　それが花街では一般的な堕胎方法なのか？」

「水銀を飲む、腹を殴る、それとも冷水に浸かるほうがよろしいでしょうか」

猫猫はわかっている。ただ月の顔が美しいからと恋に溺れる女ではない。月の気持ちを受け入れる以上、その覚悟が必要だとわかっている。

だからこそ、阿多はかわいそうに思う。

「それだけではない。猫猫が月の好意を受け入れたなら、もうこの国から出ることはできない」

「ほとんどの民が国を、それどころか住んでいる土地を離れることはないでしょう」

「そうだな」

茘の女の一生は家で決まる。良家の子女ほど遠出をすることがなく、中には屋敷の中でのみ一生を終える者もいよう。

だが、阿多は遠くを見ていた。

「いつしか国を出て見聞を広めたいと思っていたと言ったら、私を青臭いと思うか？」

「いいえ」

猫猫は首を振る。

「遠い地にはここにはない物がたくさんあります。物だけでなく、言葉、文化、そして薬草や薬剤や治療法など。風土が違えば病も違うのは当たり前ですからね」

猫猫は、後半は妙に熱がこもった言い方をしていた。この女には、阿多と同じく異邦への憧れがあるのだろう。

西都に二回も行っただけで、一生分の旅をしてきたのと同じだ。同年代の女たちよりずっと見聞が広い。

「ふふ。私の夢は十四で終わったのだよ」

阿多はかつて自由な身の上だった頃を思い出す。東宮の乳母の子として、現帝とは乳姉弟《ちきょうだい》として育った。

「陽《ヨウ》と呼んでくれ」

弟分はそう言った。月が月であるのは、陽と対峙《たいじ》し、だが決して超えられぬ存在であるためだ。

阿多は男児のような格好をしていた。弟分と二人でつまみ食いをし、木登りをし、時に老師《せんせい》の授業をすっぽかし、兄貴分である高順《ガオシュン》をからかっては互いに笑っていた。

もし、阿多が男子であれば、今でもその延長にいたのかもしれない。

阿多は陽のことは友人だと思っていた。だが、忘れてはいけない。陽は国の頂に立つ者であり、阿多は臣下でしかなかった。

「指南役」に、と言われたら拒めるものではなかった。

何度も逃げ出そうと思ったができるわけもなく、結局は諦観の境地に至った。

道連れだと阿多は知っていた。

皇帝とは生まれたときから自由がない存在だ。それこそ役目を忘れた愚帝ならともかく、陽は聡明なほうだった。自由気ままにできるのは、後宮《こうきゅう》の中だけ。帝の冠を戴《いただ》く以上、がんじがらめの一生を送ることはわかっていた。

阿多にとって陽は友人であったが、陽にとって阿多は友人ではなかった。

男女間で対等などありえないことはわかっていたが、阿多にとって羽根をもがれたようなものだ。

そうだ。生まれたときから皇族には自由がない。だが、同時にどんな者の自由も奪うことができる。

陽は気付いていない。自分が奪う立場であることを忘れ、阿多を「指南役」にして、夜《よ》伽《とぎ》をさせた。

阿多はかつての自分と同じ道を歩むであろう猫猫を案じていた。母親ならば、実の息子の恋路を応援するのが正しいだろう。だが、阿多の中の良心が、いや、かつての自分を哀れむ記憶がこう口にさせていた。

「今なら逃げ出すことは可能だ。手伝ってやるぞ」

阿多の言葉に、猫猫は怪訝《けげん》な顔をする。

「なに、私にも多少は権力というものが残っている」

微々たるものであるが、無理をすればなんとかなるはずだ。

「ちょっと待ってくださいなー」

猫猫の代わりに声を上げたのは雀だった。

「なんだ？」

「阿多さま、矛盾してますよぅ。そうなると、私の受けた命《めい》が実行できなくなりますぅ。阿多さまは、『月の君を幸せにすること』が命令だって言ったじゃないですかぁ？」

阿多は笑う。

「なあに。女一人いなくなったくらいで不幸になる男は、そこまでの男だ。優秀な臣下なら、他で埋め合わせをする努力をしないか」

「無茶言いますねぇ」

雀は腕組みをして首を傾げる。

阿多は以前、西都で壬氏の見合いまがいの宴《うたげ》に参加したことがある。あの場に集まる者たちは、皇弟《おうてい》の妃《きさき》になることを望む者ばかりなので、月が誰を選んでもその者たちの望みだから何もいうつもりはなかった。

その後、月には妙な趣味があると誤解したものの、本命は猫猫であると聞かされたときはほっとした。悪い女に騙《だま》されることはないと思った。

でも、阿多は猫猫を知っており、自分と猫猫を重ねて見てしまった。

猫猫は阿多を見据える。

「阿多さま。雀さんの使命はどうでもいいですが、それを飲み込んだ上で私は今の立場にいます」

「本当か、後悔はしないか？」

「後悔しないように、できるだけ譲歩してもらうつもりです」

「ふふ、宮廷に大きな温室でも建ててもらいますかぁ？」

「それはいいですね」

猫猫と雀は気が合うのか、こんな場面でも軽口をたたき合う。

阿多の言葉はむしろ猫猫の決意を固めたように見えた。

「ついでに果樹園とかいかがでしょう？　雀さん、生の茘枝《ライチ》をたらふく食べたいですねぇ。それこそ伝説の美女がごとく」

「温室で育てれば可能かもしれませんね。でも茘枝の食べ過ぎはのぼせるのでよくないですよ」

「おやまあ。百個くらいなら大丈夫でしょうかぁ？」

「十個までにしておいてください」

たわいない会話だが、阿多は聞いていて妙にすうっと心が落ち着いた。

阿多は猫猫のことを、自由奔放に生きる娘だと思っていた。勝手にはき違えていたことは謝らねばならない。

猫猫は、阿多が考えるよりも柔軟で、かつ自由なのだ。閉じ込められた場所から逃げ出すわけでもなく、壊すわけでもなく、形を変えて最大限に得られるものを得ようとしている。

十四だった阿多には考えつかなかった生き方だ。

「そういう生き方もあったのだな」

阿多はかつて陽に言ったお願いを思い出す。

『私を国母にしてくれ』

こう言えば、阿多を手元に置くことを諦めてくれると思ったのに。軽口をたたいた、冗談であったと言ってもいい。

言葉を間違えたのだ。

『友人のままでいさせてくれ』

駄目元でもそう言えばよかったのだ。阿多の本音を言えばよかった。

約束から二十年以上経《た》った現在も、阿多は陽から離れられないでいる。後宮《こうきゅう》を出ても、離宮に匿《かくま》うという異例の措置を取られていた。本来ならば、上級妃の位を落とされても後宮に留《とど》まり続けねばならないというのに。

後宮を追い出されても特別に宮を与えられたことで、阿多を蔑《ないがし》ろにする者はいなかった。

いっそ放逐《ほうちく》されたほうがまだ楽だったろう。

阿多はこうして離宮に留まり続けていた。その上、『子の一族』の生き残りの子どもたちと翠苓を預けられている。

指南役として、妃《きさき》としての役割を終えても、まだやることがあると言わんばかりに。

「私は重石《おもし》になっていないだろうか？」

阿多はふうっと息を吐く。

陽は阿多だけでなくその息子もまた、縛り付けようとしているのではないか。

そして、息子もまた、猫猫を縛り付けるのか。

そう思うと、何もできない己《おのれ》が歯がゆくなり、猫猫に提案したのだ。

しかし、相手を見くびっていた。猫猫は阿多よりも柔軟で強《した》かでしぶとい。

「猫猫」

「なんですか？」

「何か欲しい物はないか？」

「欲しい物と言われましても」

「生薬はよくわからんが妃《きさき》時代の宝物ならやる。売りに出せば薬の一つ二つくらい買えるだろう」

阿多は呼び出した詫《わ》びに提案した。金や物で誤魔化すのは品がないが、猫猫は気にしないだろう。

「宝物ですか？　もしかして真珠はありますか？」

「真珠か？　意外だな。好きなのか？」

「はい。眼病、皮膚病、他にもいろいろ使えます」

猫猫の目が輝いている。

「どうせすり潰すので、質より量があれば嬉《うれ》しいです」

一応、阿多の装飾品は皇帝から下賜《かし》された物だが、壊す前提でもらおうとしている。

「ははは」

阿多は笑わずにはいられなかった。

「好きな物を持っていくといい。ついでに珊瑚《さんご》もいるか？」

「いただけるのなら！」

「あーもったいない」

雀が「私も欲しいです」と指をくわえていたので、代わりに焼き菓子を口に入れてやった。

阿多は大笑いしながら、願いをかける。

『月が陽と同じ道を歩まぬように』

と。

十五話　壬氏《ジンシ》の動揺、猫猫《マオマオ》の決意

香が壬氏《ジンシ》の鼻についた。

「匂いが強すぎやしないか？」

壬氏は夕餉《ゆうげ》を取りながら、水蓮《スイレン》に言った。

「気のせいではないでしょうか？　西都暮らしが長くて、香を節約しておりましたから」

「そうか？」

壬氏は箸で肉をつまむ。たっぷりと柔らかい豚肉を使った料理で、脂っこいものの薬味でさっぱりと味付けしてある。他に、鰻《うなぎ》の炒め物や、鼈《すっぽん》汁などなど、いつもより品数が多く滋養強壮料理が多い気がした。

「今日の夕餉は全体的に重いな」

「気のせいではないでしょうか？　西都暮らしが長かったからですよ。しっかりお食べください」

ほほほほ、と水蓮は笑う。

どうにもおかしいと壬氏は思い、部屋にいる護衛を見た。

「今日は馬閃《バセン》の当番ではなかったか？」

「馬閃は明日、名持ちの一族の集まりがあるそうで、帰しましたよ。何やら麻美《マーメイ》と話してそわそわしていたので」

「馬閃と麻美が？」

麻美が何か企んでいるのではないかと壬氏は思った。

とはいえ、今は水蓮のほうが企んでいるように思える。

「風呂に花びらが浮いていたのはなんだ？」

湯あみをしていて肌に花びらがやたらくっついて邪魔だった。

「いい湯加減でしたでしょう。血行と代謝が良くなる薬湯も入れておきました」

壬氏とて、ここまでされると察することができる。

なにせかつて自分が後宮《こうきゅう》にて、皇帝になにかしらしてきたことだった。壬氏の宮において、こんなふうに水蓮が画策するということは、今日は誰かが来るということになる。

そして、壬氏は数日前に猫猫《マオマオ》に文を送っていた。

「水蓮、もしかして」

「今日は、久しぶりに猫猫が来ます。何度か文を出しておりましたでしょう？」

確かに壬氏は何度も文を送っていた。あくまで近況報告などだ。命令として宮に来いとは言っていない。ただ、会って話したいと伝えていた。あくまでやんわりと、仕事にかたがついたらでいいと書いていた。

「いや、ちょっと待て。ただ、猫猫が来るだけだろう」

王都に帰って来てから半月以上経《た》った。猫猫が壬氏の宮を訪れるのは帰還後初めてだ。

「最後に会ったのは船から降りたときでしたね。西都からの船旅より帰ってから皆、忙しかったですから。ようやく一息つけたと連絡がありました」

「いや、猫猫が来るとして、この雰囲気は……」

壬氏は寝室を見る。普段より強めに焚《た》かれた香、真新しい布団の上には、季節外れの薔《ば》薇《ら》の花びらが散らされ、天蓋《てんがい》の帳《とばり》は花模様の透かし編みになっている。部屋のあちこちに花瓶と蜜蝋《みつろう》を使った蝋燭《ろうそく》が配置され、甘い匂いとともに明かりが揺らめく幻想的な雰囲気を作っていた。

壬氏は慌てて香と蝋燭を消すと、窓を開けて換気をする。寝台に散った花びらを屑籠《くずかご》に捨て、花瓶を片づける。

「はあはあ」

「あらあら」

「あらあらじゃないぞ！　なんだ、この部屋は！」

前に猫猫が緑青館《ろくしょうかん》で壬氏をもてなそうとしたことがあった。その時の流れに似ている。

「何事も雰囲気って必要でしょう。坊ちゃまは、猫猫と両想いになったのですから」

「りょ、りょうおも……」

壬氏は焦る、焦って目を泳がせ、冷静を装《よそお》うとするが、口角が上がってしまう。

「ずいぶん長かったです。ほんと、ばあやは幾度となく心配しましたよ。我が国の至宝、人の世に現れた神仙の遺物などと言われ、老若男女問わず魅了してきた坊ちゃまが、あんなふうに年相応の子どもになるなんて。いや年相応ならもう子どもができても当然のはずなのに」

「ええっと、いや、そういうわけでは」

別に水蓮に猫猫とのことを隠していたわけではないが、報告もしていない。船旅の間は他にたくさん人がいたことから、二人きりになる時間などほとんどなかった。

なので、誰にも気づかれていないと思っていた。

「ばあやの女の勘は外れませんよ」

うふふふと笑いながら、目を細める老女を壬氏は本気で怖いと思った。

壬氏は居心地が悪そうな顔で頭を掻《か》きむしる。

「いや、でも、相手は猫猫だぞ」

「猫猫だってもう二十を過ぎてますよ。生娘《きむすめ》でも知識はあるでしょう。仕事以外で文を貰《もら》って殿方の部屋に来ることの意味ぐらいわからないはずありません」

水蓮はにこやかに笑いつつ断言する。

「いや、でもだからってこの部屋は」

「少しくらいあけすけの方がいいかなと思ったのですけど」

「あけすけ過ぎる！　もうちょっとこういうのは雰囲気を大切にって、いや違う違う！」

壬氏は寝台の端に座り、前髪をかき上げる。次第に照れくささとは違う感情が湧きあがってきた。いや、いかんいかんと壬氏は寝台の傍《そば》に置かれた水を飲む。

「あっ、それは」

「っぶ！」

水から変な味がした。かすかだが酒に似た匂いがする。

「おい、水蓮。何を入れてる？」

飲んだ水は毒ではないが、さっきの夕餉《ゆうげ》に繋《つな》がるものがある。高揚して体が熱くなってくる。

「あら、ほんの少しでしたけどわかりましたか？　毒ではありません」

「わかるに決まっているし、猫猫なら匂いを嗅ぐだけで当てるぞ」

水蓮はしぶしぶ水差しを回収する。

「ふう」

壬氏はどきどきばくばくする心臓を深呼吸でおさえようとする。

とうに元服した二十歳すぎの男が何を動揺しているのだろうか。いろんな女が寝所に忍

び込んできたこともあったのに。

豊満な体を押し付けられ、ねっとりした真っ赤な唇が近づいて来る。むせかえる香の匂いに吐き気さえした。金切声を上げ、護衛たちに髪を引っ張られて回収される姿を横目に、壬氏は女の全てを知った気でいた。

井《い》の中《なか》の蛙《かわず》とはこのことだ。

「蛙……」

壬氏はふと嫌な単語を思い出した。思わず自分の股間を見ようとして、猫猫に毒されまくっていることに気付く。一般的に、股間のことを蛙とは呼ばない。

「落ち着け落ち着け」

経《きょう》でも唱えようか、鍛錬でもしようか。

壬氏がそんなことばかり頭を巡らせていると、客が来た。

「はいはい。猫猫、久しぶりね。入ってちょうだい」

「はい、水蓮さま」

気だるげなやる気のない声が聞こえる。

壬氏は襟元を整え、深呼吸をする。何事もなかったかのように居間へと向かった。

猫猫はいつもどおり、半分眠たそうな顔をしている。手には大きな布包みを抱えていた。

「久しぶりだな」

「はい。壬氏さま」

「何か飲むか？」

普段の水蓮なら茶を出すところだ。しかし、今日は違う。綺麗《きれい》な玻璃《はり》の器に注《つ》がれるのは、芳醇《ほうじゅん》な蒸留酒《じょうりゅうしゅ》だった。酒精《アルコール》も強く、壬氏が飲みたがっても翌日の仕事に支障があるからとなかなか飲ませてもらえない。そんな酒がなみなみと注がれる。

「おおう、おうおう」

猫猫は目を輝かせ、薫り高い琥珀色《こはくいろ》の液体に目を奪われている。涎《よだれ》があふれていて、どれだけ酒が飲みたいのかわかる。

しかし自分のことを完全に忘れられても困るので、これ見よがしに猫猫の前につまみを置く。

「酒だけだと体に悪いぞ」

胡桃《くるみ》や落花生《らっかせい》、松の実などを炒《い》って軽く塩を振りかけている。無花果《いちじく》や竜眼《りゅうがん》などの乾燥果実《ドライフルーツ》も添えられているが、猫猫は酒ばかり楽しんでいる。

「仕事はどうだ？」

「初日に変人軍師の部屋から死体が出てきて、検死に行きました」

早速、突拍子《とっぴょうし》もないことから始まったようだ。

「軍師殿がやったのか？」

壬氏は、確認のため聞いておく。

「あのおっさんは自分の手を染めることはないですよ。物理的に。あと普通の別の怨恨《えんこん》でした。さすがにおっさんが殺害したとなれば、壬氏さまの耳にも届くでしょう」

「それもそうだな」

物理的に、というのは、羅漢《ラカン》には腕力がないことを言っているのだろう。確かに、と羅漢の体力のなさを思い出す。行動力がある割に全然体力がないと思い、猫猫を見る。胆力《たん》がすさまじい割に、体力《りょく》がない。普段やる気がないくせに、行動力が半端ない。よく似ている父子だなあと壬氏は改めて思う。同時に、今猫猫が壬氏の宮にいることを羅漢に知られているのかどうか、とても怖い。

猫猫は気持ちよさそうに酒を飲んでいる。水蓮は壬氏にも酒を用意してくれたが、猫猫と違って水で割っていた。壬氏とて酒には強いほうだが、猫猫には負ける。蒸留酒《じょうりゅうしゅ》をそのままがぶ飲みすれば意識が飛んでしまう。

「壬氏さまこそ仕事はどうですか？」

「俺は変わらん。主上には報告を終えたが特に以前と立場は変わらない。いつも通り俺の元にはくだらん案件ばかり入ってくる。とはいえ、西都にいる時ほど忙しくはない」

「壬氏さまはまだお若いし、無駄に体力あり余っているから生きているだけですよ。普通は過労死しますね」

猫猫は「くぅぅ」と酒に舌鼓《したつづみ》を打つ。

「夕餉《ゆうげ》は食べてきたか？」

「いえ、一人で作るのが面倒なので食べておりません」

「夕餉の残りがあるから食べるか？」

つまみも食べずに酒だけ飲むのは体に悪い。

夕餉なら、水蓮が張り切ってたくさん作っていた。猫猫の分も含めて用意していたのだろう。

「食べたい気もしますが」

猫猫は何やら迷っているようだ。この娘に限って遠慮というものがないので、珍しい。

「何か理由があるのか？」

「理由といいましょうか」

猫猫は目を伏せる。

「私といていろいろ準備がありましたので」

壬氏は酒を置く。

普段と変わらないように見える猫猫だが、肌のはりが良い気がした。西都に行ってから少し焼けた肌が落ち着いている。そばかすは描いておらず、代わりにごく自然に白粉《おしろい》が叩《はた》かれていた。

部屋の香に紛れているが、猫猫からかすかに香油の匂いがする。髪もほんのり湿っているので、湯あみを終えてからこちらに来たのだろう。

猫猫は酒杯を空にする。

「口をゆすいできてもよろしいでしょうか？」

「ああ」

普段なら酒瓶を空にしつつ、おかわりを要求しかねないのが猫猫だ。

「そろそろ壬氏さま、奥へ参りましょう」

「あ、ああ」

なんだろう、夢でも見ているのだろうか、と壬氏は思う。いや、変に期待するべきじゃない。いつも通り、腹の焼き印を見て終わりだろう。

「壬氏さま、なんかぎくしゃくしてません？」

「そんなことはないぞ」

猫猫は普段通り冷静に思えるが、かすかに面《おも》はゆい表情をしていた。

「猫猫、一応確認していいか？」

壬氏は唾を飲み込んだ。ここではっきりさせておかねばいけないと思った。

「ここで、俺の寝室に入る意味は分かっているな」

「はい」

「病の看病でも、傷の治療でもないぞ」

「私としても覚悟をしていろいろ準備をしてきましたので」

猫猫は持ってきた荷物を見せる。

壬氏の顔が今までになく熱くなる。できるだけ平静を装いたい、あくまで冷静に見せたいがために猫猫に背を向けてしまう。

いつのまにか水蓮は見えなくなっていた。空気を読まない、読めない護衛はいない。馬閃はいない。

「湯あみはいいか？」

「入ってきました。ご所望とあればもう一度入りますが」

「いや、いい」

壬氏は、匂いで猫猫が風呂に入っていることは気付いていた。

壬氏は心の臓の上に手を当て、聞こえそうなほど大きな鼓動を抑えようとする。

むしろ、猫猫より壬氏のほうが湯あみをしたかった。風呂には入ったが、酒を飲んだせいもあってか汗ばんでいる。

しかし、今になって体を洗いたいと言うわけにはいかず、奥の寝室へと向かう。

むせかえるような香の匂いは換気した。あからさまな寝台の花びら、変な薬が入った水もない。

さて、次はどうするかといえば。

もう心臓の音がおさまるまで待てなかった。顔がほてったままだが、いまさら気にする必要もなかろう。

壬氏は猫猫をそっと抱き上げた。前より体重は増えているがそれでも軽い。髪から椿《つばき》油《あぶら》の匂いがする。

「いいのか？」

「そのつもりで準備をしてきたと言いましたよね」

何度も言わせないでくれ、と猫猫は目をそらす。どこか面倒臭そうなのが、やはり猫猫だ。

壬氏だけでなく猫猫もまた緊張しているのだ。自分だけではないと思えば、壬氏にも余裕が生まれる。

「どんな準備をしてきたんだ？」

壬氏は猫猫に質問する。

「朝餉《あさげ》と夕餉を抜いてきました」

猫猫から意外な答えが返ってきた。

「なぜだ？　実験していて食べ忘れたのか？」

「水は半日前から抜いてきました。酒も抜くべきかと思いましたが、さっきの酒は美味しすぎて一杯だけいただきました」

「水も？」

なぜ抜く必要があるのか壬氏には思いつかない。

「本来なら食事は三日前から、水は一日抜かないといけませんでしたが、申し訳ありません。明日は休みですが、今日は仕事があったので体力的にきつかったので」

「いや、何を言っている？」

「緑青館《ろくしょうかん》で大店《おおだな》の客に初物を買っていただく際の礼儀です。粗相があってはいけません。数日の餓えと乾きは、大店を怒らせて手打ちにされるよりずっとましです」

「……いや、買ったとかそういうわけでは」

壬氏は顔を引きつらせる。何より、壬氏は猫猫にそんな虐待めいたことをしたくない。

「いろいろ上手くできるかどうかわかりません。失敗しては面目が立たないです」

猫猫の目は本気だった。何事もやるからには最善を尽くす、そういう職人魂があることを忘れていた。

壬氏は面食らいながら、息を吐く。以前のように、誤魔化して逃げ出すのではない。前向きであるからとても嬉《うれ》しい。

「あと白湯《さゆ》をいただいてもよろしいですか？」

「さすがに喉が渇いたか？」

「いえ」

猫猫は大きな布包みを開く。中から、薬を包んだ紙が出てきた。他にもごちゃごちゃ見慣れない物がある。

「なんだ、これは？」

「鬼灯《ほおずき》の根や白粉花《おしろいばな》、鳳仙花《ほうせんか》の実などを混ぜたものです」

壬氏にとって聞き覚えがある植物ばかりだが、その組み合わせにも記憶があった。

「後宮《こうきゅう》でおまえが気を付けろといった植物ばかりじゃないか！」

壬氏は思わず声を荒らげてしまった。

「そうです」

猫猫は淡々としている。

後宮は帝の子を産み育てる場所だ。阻害する因子は、排除せねばならない。そこで禁制となっている品ばかりだ。

「なんでそんなものを持ってきた？」

「水蓮さまには、あらかじめ中身を確認してもらいました。壬氏さまに盛るわけではないのでご安心ください。私が飲みます」

猫猫の目は本気だった。

「物理的に阻害する道具もありますが、効果は低いですし、壬氏さまが好まないなら着けないほうがよいでしょうし」

猫猫は紙に丁寧に包まれた筒状の物を取り出す。

「材料には牛の腸を使用していますが、壬氏さまに合うかどうかという問題もありますし……」

そっと、牛の腸で作られた何かは片付けられる。

「つまり避妊のためということか？」

「はい」

「いろいろ準備に手間取ったというのは」

「花街《はなまち》で手に入るものはできる限り集めました」

壬氏の血の気がさあっと引いた。全身が冷たくなっていく。

「壬氏さまの気持ちを受け取った以上、関係を持ったとしてそれは私の合意です。ですが、その合意にはけじめをつける必要があります。私は、玉葉后《ギョクヨウきさき》の敵になるつもりはありません」

壬氏はぎゅっと唇を噛《か》む。

浮かれていた。自分が何者であるかを忘れていたのではないだろうか。

壬氏は猫猫にとっては壬氏だが、周りには何と呼ばれているのか。

皇帝の同母弟である華瑞月《かずいげつ》、月の君だ。

まだ玉葉后の産んだ東宮は幼いうえ、后によく似ている。茘人《リー》は黒髪黒目の人種であり、赤毛に緑がかった目の者が国の頂に立つことに忌避感《きひかん》を持つ者も少なくない。

故に、宮廷の中には、梨花妃《リファきさき》の皇子を東宮に、または再び壬氏を東宮に推す者もいる。

そこで、壬氏にまだ婚姻関係も結んでいない娘との間に子でもできたらどうなるだろうか。

また、相手が猫猫、漢《カン》羅漢の娘だとわかったらどうなるだろうか。羅漢が中立であるがゆえに、宮廷内に新しい派閥ができたと認識される。

曖昧《あいまい》ではっきりしない関係は、周りの誤解と反感を生む。当事者の思惑とは裏腹に、雪山で小さな雪玉が転がり始め、どんどん取り返しがつかない大きさに育つように。

政治に疎《うと》い猫猫だが、危機管理能力だけは著《いちじる》しく高い。

「月の道も計算して、今宵《こよい》は比較的できにくい日です。また、失敗してもご安心ください。処置の仕方はわかっております」

猫猫の言葉に嘘《うそ》はなかろう。子ができたら確実に処置する。隠して育てるなどやるわけがない。

非情であるが、火種になる可能性を考えたら真っ当な考えだ。平穏を求めるための非情だ。なにより被害が最小で済む。

壬氏はぎゅっと猫猫を抱く。

さっきまで沸き起こっていた劣情ではない。壬氏は、申し訳なさがいっぱいで、歯を噛《か》み砕きそうになった。

「すまん、お前に気を使わせて」

壬氏は猫猫の肩に額を乗せる。猫猫はあやすように壬氏の背中をぽんぽん叩《たた》いた。

「いえ」

壬氏は猫猫のような女に出会えたことが奇跡だと思った。だから手放したくない。腹に焼き印まで押したのはそのためだ。

「すまん」

壬氏はもう一度謝ると、名残惜しいが猫猫を離す。ずっと抱きしめていたい気持ちを抑え、寝台の上に転がる。

「壬氏さま」

「今日は帰っていい。よければ、夕餉《ゆうげ》を持ち帰ってくれ。腹が減っているだろう。冷めているなら蒸籠《せいろ》で温めるといい」

「でも」

「いいから帰れ。ちゃんと食え、水もしっかり飲め。倒れられてはかなわん。西都でまた痩せただろう」

壬氏は両手で顔を覆う。

「わかりました」

猫猫は荷物をまとめて部屋を出る。

「では失礼します……」

猫猫はなにやらぶつくさ言いながら寝室を出る。

「これでいい、今はこれで」

壬氏は自分の立場をはっきりさせねばならない。いつまでも皇弟《おうてい》としての地位にいるのではない。玉葉后にも梨花妃にも壬氏が敵でないことを示さねばなるまい。

腹の焼き印だけでは足りない。もっとはっきりと、公式に示さねばならない。

皇帝の弟という地位を捨て、皇族をやめるほかなかった。

「どうしようか」

壬氏は悩む。頭髪が抜け落ちるかと思うくらい考える。

故に猫猫が立ち去る際、ぼそりと口にした言葉を聞き逃した。

「本番なしの方向も想定していたんですけど」

壬氏はそれだけ頭がいっぱいになっていた。

十六話　猫猫《マオマオ》の遅い夕餉《ゆうげ》

猫猫《マオマオ》は宿舎の厨房《ちゅうぼう》で夕餉を温めていた。

心底残念そうな水蓮《スイレン》に見送られて帰ってきたところだ。

猫猫は拍子抜けしつつも、内心ほっとしていた。知識はあるものの、猫猫は生娘《きむすめ》なのでいろいろ考えてしまう。猫猫が準備を整えて壬氏《ジンシ》の元に向かったのも、どうせなら自分からぶち当たったほうが、覚悟ができていいと思ったからだ。

夕餉が温まったところで、猫猫は部屋へ移動する。季節は春だがまだ夜は寒い。行儀が悪いが布団の中で夕餉をいただこうと思った。

夕餉は持ち帰りやすいように、豚の角煮や鰻《うなぎ》の炒《いた》め物が饅頭《まんじゅう》に挟んであった。汁物は徳利《とっくり》に入れてあってまだほんのり温かい。

「滋養強壮料理ばっかりだ」

猫猫は苦笑いしつつ、饅頭を食《は》む。他人に作ってもらった夕餉は美味い。断食していたので、特別に美味しく感じた。

ぺろりと平らげ、貰《もら》った酒をちびちび舐《な》める。

「さて、どうしようか」

壬氏が猫猫を拒んだ理由については想像がつく。壬氏は以前のように自分の感情を押し付けることはしなくなった。猫猫を重んじての行動だろう。

とはいえ、拍子抜けしている猫猫は今後、壬氏にどんな顔で会えばいいのか考えてしまう。

「まあ、しばらく会わないか」

今度会うときに考えようと、問題を先送りにすることにした。猫猫は未来の自分に期待する。

酒精《アルコール》が強い酒なので、酔いはしないがだんだん気持ちよくなっていく。眠気も相まっていろんなことが頭の中をめぐる。

「羅半兄《ラハンあに》が帰って来たとか言っていたな」

雀《チュエ》から話を聞いていた。行きたくないが一度羅半兄に会うために変人軍師の家に行かないといけない。

「梅梅小姐《メイメイねえちゃん》にも会いたいな」

棋聖《きせい》のところなら悪いようにはされていないはずだ。羅半《ラハン》あたりに話を通して、梅梅に会わせてもらおう。

「しかし女華《ジョカ》小姐の客だったとは」

梅梅から女華に繋《つな》がる。眠気と酒精で、連想遊戯のように次々と頭の中を駆け巡る。

「皇族を探しているとか何がやりたかったんだか」

皇族のご落胤《らくいん》といえば、天祐《ティンユウ》の実家に繋がった。

「もしかして、女華小姐と天祐って親戚だったりして」

女華小姐は種は盗賊だと言っていたが、盗賊じゃなくて狩人だとしたら辻褄《つじつま》が合う。玉《ぎょく》牌《はい》を削ったのは、皇族であると同時に処刑された罪人の血筋であることを隠すため。牌が割れた理由はわからないが、猷くさくて節くれだった手の男が猟師なら頷《うなず》ける。

「王芳《ワンファン》って奴、宮中で皇族のご落胤を探していたとか」

王芳はご落胤の噂《うわさ》を聞いて、宮中に出仕した。情報を集めるために官女《かんじょ》たちを使った。

「でも肝心の天祐は西都にいた」

酒と眠気で思考がどんどん飛んでしまう。

房楊枝《ふさようじ》で歯を磨かなければと思いつつ、眠気が勝ってしまった。

猫猫は、酒瓶を置くと、落ちかけた瞼《まぶた》を完全に閉じた。


〈『薬屋のひとりごと14』につづく〉

家系図 皇族

女帝
｜
先帝

長女（母、後宮女官）
｜
翠苓《スイレイ》（父、子昌《シショウ》） 二十二歳

現帝 長男（母、安氏《アンシ》） 三十八歳

華瑞月《かずいげつ》（壬氏《ジンシ》） 次男？（母、安氏） 二十二歳

現帝の子：

長男（母、阿多《アードゥオ》） 死去？

長女（母、他妃） 死去

次女（母、他妃） 死去

三女（母、玉葉《ギョクヨウ》） 鈴麗《リンリー》 五歳

次男（母、梨花《リファ》） 死去

三男（母、玉葉） 東宮 名前不詳 三歳

四男（母、梨花） 三歳

illustration：しのとうこ

家系図 羅《ラ》の一族

曾祖父

- 長男 羅半祖父
  - 長男 羅《ラ》漢《カン》 四十代半ば

    - 長女 猫《マオ》猫《マオ》 二十一歳

  - 次男 羅半父 四十過ぎ
    - 長男 羅《ラ》半《ハン》兄《あに》 二十四歳

    - 次男 羅《ラ》半《ハン》 二十二歳

- 次男 羅《ルォ》門《メン》

※十三巻現在

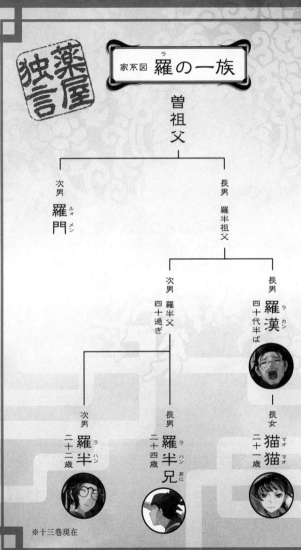

ヒーロー文庫

薬屋《くすりや》のひとりごと 13

日向夏《ひゅうがなつ》

2023年 3月10日 第1刷発行
2024年10月10日 第6刷発行

発行者 廣島順二

発行所 株式会社 イマジカインフォス
〒101-0052 東京都千代田区神田小川町 3-3
電話／03-6273-7850（編集）

発売元 株式会社 主婦の友社
〒141-0021
東京都品川区上大崎 3-1-1 目黒セントラルスクエア
電話／049-259-1236（販売）

印刷所 大日本印刷株式会社

ISBN 978-4-07-454379-3